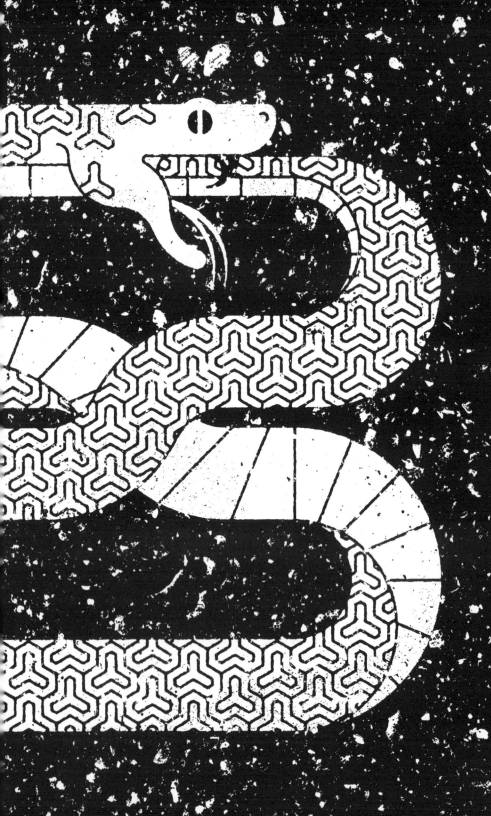

DIECINUEVE GARRAS Y UN PÁJARO OSCURO
Copyright © Agustina Bazterrica, 2020
c/o Schavelzon Graham Agencia Literaria
www.schavelzongraham.com

Publicado originalmente na Argentina em 2020
Todos os direitos reservados.

Arte da Capa e Miolo © Zero Deluxe

Tradução para a língua portuguesa
© Ayelén Medail, 2023

Diretor Editorial
Christiano Menezes

Diretor Comercial
Chico de Assis

Diretor de Mkt e Operações
Mike Ribera

Diretora de Estratégia Editorial
Raquel Moritz

Gerente Comercial
Fernando Madeira

Coordenadora de Supply Chain
Janaina Ferreira

Gerente de Marca
Arthur Moraes

Gerente Editorial
Bruno Dorigatti

Editor
Paulo Raviere

Capa e Projeto Gráfico
Retina 78

Coordenador de Arte
Eldon Oliveira

Coordenador de Diagramação
Sergio Chaves

Finalização
Sandro Tagliamento

Preparação
Silvia Massimini Félix

Revisão
Fabiano Calixto
Retina Conteúdo

Impressão e Acabamento
Gráfica Geográfica

DADOS INTERNACIONAIS DE CATALOGAÇÃO NA PUBLICAÇÃO (CIP)
Jéssica de Oliveira Molinari CRB-8/9852

Bazterrica, Agustina
  Dezenove garras e um pássaro preto / Agustina Bazterrica;
tradução de Ayelén Medail ; ilustrações Zero Deluxe. — Rio de
Janeiro : DarkSide Books, 2023.
  160 p.

  ISBN: 978-65-5598-249-7
  Título original: Diecinueve garras y un pájaro oscuro

  1. Ficção argentina I. Título II. Medail, Ayelén III. Zero Deluxe

23-2149   CDD Ar863

        Índices para catálogo sistemático:
                1. Ficção argentina

[2023]
Todos os direitos desta edição reservados à
DarkSide® Entretenimento LTDA.
Rua General Roca, 935/504 — Tijuca
20521-071 — Rio de Janeiro — RJ — Brasil
www.darksidebooks.com

Agustina Bazterrica
DEZENOVE GARRAS E UM PÁSSARO PRETO

TRADUÇÃO
AYELÉN MEDAIL

ILUSTRAÇÕES
ZERO DELUXE

DARKSIDE

*Para minha avó, minha mãe
e minha irmã: minhas heroínas.*

*Para Liliana Díaz Mindurry,
por me ensinar tanto e mais.*

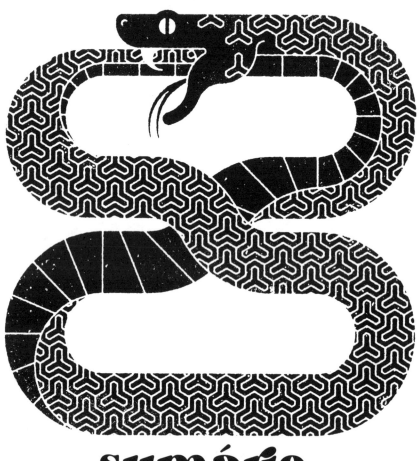

sumário

15.	**As caixas de Unamuno**
21.	**Roberto**
25.	**Um som leve, rápido e monstruoso**
33.	**Rosa bombom**
47.	**Anita e a felicidade**
53.	**Lava-louças**
71.	**Terra**
79.	**Simetria perfeita**
87.	**O hálito do lobo**
91.	**Teicher vs. Nietzsche**
99.	**Os mortos**
105.	**Elena-Marie Sandoz**
113.	**A lentidão do prazer**
117.	**Sem lágrimas**
127.	**A contínua igualdade da circunferência**
133.	**Um buraco esconde uma casa**
139.	**Inferno**
143.	**Arquitetura**
149.	**As solitárias**
158.	*Agradecimentos*

*... o pássaro sombrio pousado em
meu peito, jantando minha língua.*
Elena Annibali

*Você nunca/ pensou como seria se em vez de mãos tivesse
garras/ ou raízes ou barbatanas, como seria/ se a única
forma de viver fosse em silêncio/ ou soltando murmúrios
ou gritos/ de prazer ou de dor ou de medo, se não houvesse
palavras/ e a alma de cada coisa viva fosse medida/ pela
intensidade da qual ela é capaz quando/ fica solta?*
Claudia Masin

DEZENOVE GARRAS E UM PÁSSARO PRETO

As caixas de Unamuno

Entro no táxi na Alem, na altura do número 900. Jogo no banco minha bolsa, uma sacola com roupas, minha pasta de anotações e um envelope com comprovantes de pagamento. Digo, procurando minhas luvas, vamos para Flores, na esquina da Bilbao com a Membrillar. Que nome de rua mais idiota, Membrillar, pouco sério. Imagino um magnata viciado em latas de marmelada.* Vamos pela avenida Rivadavia ou pela Independencia? Não acho minhas luvas e demoro para responder. Tanto faz, pegue qualquer uma. Pela Independencia vai ser mais rápido, senhora. Senhora? Ele disse senhora? Achei minhas luvas, me acalmo, não respondo. Senhora, então vou pela Independencia? Continuo sem responder.

---

* Jogo de palavras entre o nome da rua, Membrillar, e o *dulce de membrillo*, marmelada. [As notas são da Tradutora.]

Observo o táxi. Cinzeiro vazio, limpo; placa de "Pague com dinheiro trocado", sem por favor nem obrigado; uma chupeta rosa pendurada no espelho retrovisor; um cachorro sem dignidade que mexe a cabeça dizendo sim para tudo, para todos. O halo de limpeza estagnada, de ordem calculada, me exaspera. Tiro as luvas. Procuro as chaves, guardo-as no bolso do casaco. A velhice disfarçada me irrita. Olho pela janela. Estou com sono.

Você se incomoda se eu puser uma música, gata? Olho para ele desconcertada. Em que momento passei de senhora para gata? Foi a magnitude da avenida 9 de Julio que fez seu cérebro estabelecer conexões incorretas? Foi meu pseudointeresse em seu hábitat natural que o fez abandonar as formalidades? Não me importo, respondo. Ele põe *cumbia*, e sim, me importo. Olho para os dados do motorista para saber com exatidão o nome que preciso amaldiçoar no íntimo. Pablo Unamuno. Fico impressionada com a ironia do caso. Eu nunca teria imaginado que o portador de um sobrenome tão ilustre fosse adepto da *cumbia*. Rio de meu elitismo imbecil. Descruzo minhas pernas tentando disfarçar. Olho para ele. A foto é recente ou o sr. Unamuno usa a mesma fórmula de imortalidade para si e para seu carro. Está frio, mas imagino que a camisa esteja aberta para deixar bem claro que ele se exercita, que levanta peso, sacos de cimento, sacolas com comprovantes de pagamento, anotações, roupa, teorias literárias e filosóficas. No semáforo, ele para, me olha pelo espelho e sorri. Apoia seu braço no encosto do acompanhante e vejo uma pulseira dourada com o nome AMANDA pendurada em seu pulso. Suspeito que ela seja a dona da chupeta. Se fosse a mãe da dona da chupeta, a pulseira estaria escondida. Cabelos lisos, calça jeans gasta e a certeza de que não precisa de mais nada. Cruzo as pernas. A beleza fácil e saturada me entedia.

Então as vejo. As luzes da avenida Juan Bautista Alberdi se refletem sobre as unhas cortadas com uma dedicação que se concede apenas para o que é mais valioso. O braço de Unamuno continua apoiado no banco do acompanhante e consigo estudar, de forma minuciosa, as duas camadas de esmalte transparente aplicadas com a paciência dos obsessivos, com a precisão dos iluminados. De repente, paramos em outro semáforo e me inclino para comprovar que as cutículas estão impecáveis. Fico emocionada e abro a janela. O que teria pensado Juan Bautista Alberdi de tudo isso? Não teria conseguido entender que a verdadeira genialidade se concentra nos detalhes mundanos, banais, não nos tratados diplomáticos nem na literatura erudita. Não teria compreendido a importância do insignificante. Ajeito meu corpo no banco e fecho a janela. O frio me desconcentra.

Penso. Unamuno esconde algo por trás das unhas. Essa perfeição só pode ter sido concebida por uma mente ímpar, superior. Uma mente capaz de ultrapassar os limites, de explorar novas dimensões. Cogito. O segredo de Unamuno está escondido em um espaço familiar, cotidiano. Ele precisa de contato permanente com esse objeto de prazer. Vislumbro. O táxi é seu mundo íntimo. Só ele tem acesso ilimitado. O táxi fornece a ele a privacidade e o relacionamento diário do qual precisa. Onde poderiam estar? Debaixo do banco? Não, é muito complicado. No porta-luvas? Sim. É o lugar perfeito para guardar segredos. Por trás do documento do carro há um alicate, algodão e duas caixas transparentes, impecáveis. Em uma delas, coleciona suas unhas como exemplo do sublime. Na outra, as unhas perfectíveis de suas vítimas. Sim, sr. Juan Bautista, Unamuno é um assassino em série.

Abro o casaco e me aprofundo. Não é qualquer assassino em série, numérico, expansivo, abrangente, ordinário. Se não prestarmos a devida atenção, Unamuno pode se passar por uma pessoa sem maiores aspirações. Porém, é claro, é preciso saber observar, pois ele é uma pessoa que leva uma vida consequente, porém alarmante. É paciente. Seletivo. Ascético. É perigoso. A chupeta é uma distração planejada para aqueles que não sabem, para aqueles que não querem saber. O dócil cachorro é um falso manifesto de uma existência trivial, resignada. Deduzo que a pulseira em que se lê AMANDA foi de sua primeira vítima. Uma mulher abatida, mas jovem. Desorientada, sozinha. Sem possibilidades de oferecer resistência; portanto, fácil. Unhas compridas, vermelhas e descuidadas.

Unamuno não se conformou com a gratificação da imediatez. Não a estuprou no carro nem a jogou em uma valeta. Não. Executou um ritual.

Sem compreender como, Amanda encontrou-se nua. Não podia se mexer nem falar, mas estava totalmente consciente. Ele deu banho nela com água de jasmins, envolveu-a em uma toalha para secá-la, pôs nela um vestido limpo e a maquiou, secou seu cabelo devagar, penteando-a com os dedos, perfumou-a, deixou-a na cama e tirou sua roupa, mas, antes, deixou um violoncelo inesperado envolvê-los com a impiedosa serenidade da Suíte Nº 1 em Sol maior de Bach. Nu, ele lixou a unhas dela, acariciou-as, tirou as cutículas, tirou o esmalte, lavou-as com água morna, beijou-as, passou nelas uma camada de fortalecedor, um creme com cheiro de hortelã, massageou as mãos dela, colocou-as em uma toalha limpa e passou nelas duas camadas de esmalte vermelho. Quando concluiu, apoiou as mãos dela sobre seu corpo despido, esperando o esmalte secar. Durante todo o processo, e dentro de sua imobilidade, Amanda soube que iria morrer de uma forma estranha e inútil, porém não pôde evitar sentir que era a forma certa, porque era cuidada, prazerosa, detida, meticulosa.

Unamuno a fez sentir uma liberdade serena, um frescor nítido. Uma vez morta, cortou suas unhas com uma dedicação próxima da devoção e as guardou em uma caixa transparente.

Desculpe, gata, me indique como faço para pegar a Bilbao? Eu me ajeito no banco, abro a janela, fecho o casaco e dou as indicações. Cruzo as pernas. Respiro. Tento me acalmar. Olho pela janela para deixar de pensar, mas penso. Observo minhas unhas. Compridas, descuidadas. Penso em Amanda e pergunto: essa chupeta é da sua filha? Unamuno tosse, desliga o rádio, olha surpreso. Em um semáforo, ele se abaixa e abre o porta-luvas para não me responder. Inclino o corpo e só vejo papéis e panos. Sinto-me uma estúpida. Quero arrancar a cabeça do cachorro disciplinado, do cachorro incapaz de dizer não. Visto as luvas com raiva. Amaldiçoo a *cumbia*, as unhas, o táxi e a horrorosa simplicidade de Unamuno.

Ficou quanto? Cento e oitenta e quatro. Decido pagar o valor exato, para castigá-lo por conta de sua mente sã, de sua vida lícita, de suas mãos limpas. Ajeito as sacolas, pego as chaves e abro a porta. Quero que ele espere, que exercite a paciência de assassino em série que nunca desenvolveu. Tiro as luvas e as guardo na bolsa. Procuro a carteira. Pego moedas e conto. Tiro algumas notas e conto. No momento em que estou lhe dando a grana, uma moeda cai no espaço entre os bancos da frente, espaço no qual há uma caixa com tampa. Unamuno abre a tampa para procurar a moeda. Abre-a por completo, abre-a devagar. Olha para mim. Sorri. Permaneço imóvel por um segundo. Depois consigo respirar e me inclino para ver: um alicate, um esmalte, algodão e duas caixas transparentes. Fecho a porta de supetão, seguro seu braço, me aproximo dele e digo: Vamos, Unamuno. Me leve embora, você sabe para onde.

Roberto

Tenho um coelho entre as pernas. É preto. Eu o chamo de Roberto, mas ele podia se chamar Ignacio ou até Carla, mas o chamo de Roberto porque tem forma de Roberto. É lindo porque é peludo e dorme muito. Contei para minha amiga Isabel. Eu disse: "Isa, há pouco tempo, cresceu um coelho entre minhas pernas. Você também tem um?". Fomos ao banheiro da escola e ela tirou a calcinha. Mas não tinha nada. Ela pediu que eu lhe mostrasse Roberto, mas fiquei com vergonha e disse não. Ela ficou zangada e me disse que havia me mostrado e que eu era uma trouxa e que não crescia nada em mim. Ela também é trouxa.

Ontem Isabel contou para o professor de matemática o que eu tinha falado sobre Roberto. O professor riu e me chamou para conversar. É verdade o que sua amiga Isabel me falou? Não. Sim, é verdade, eu vi!, gritou a trouxa. Mamãe disse que ninguém pode ter um coelho entre as pernas! Mas ela tem um coelho preto! Eu vi, professor! Disse a ela que era uma mentirosa porque eu não tinha mostrado nada. Gritei que era uma trouxa, uma mentirosa e que não queria mais ser sua amiga. Isabel começou a chorar. Não fiquei com pena dela porque já não é mais minha amiga. O professor García riu e disse a Isabel que fosse para casa, que depois iria lhe explicar algumas coisas. O professor García sentou-se do meu lado e disse: "Você é muito bonita. Isabel não sabe de nada, não ligue para ela". Ele me deu um beijo e depois outro. Falou que amanhã, depois da aula, queria ver meu coelhinho. Falou que queria vê-lo para ensiná-lo a se comportar.

Eu o esperei. Ele me pediu que o acompanhasse até o banheiro porque ninguém podia saber de nosso segredo. Como se chama seu coelho? Roberto. Que nome esquisito para um coelho! Posso vê-lo? Tenho vergonha. O professor se sentou do meu lado e me deu muitos beijos, falou que eu era sua aluna preferida e que era a mais bonita. Mostre para mim, seja boazinha. Eu não vou contar para ninguém. Falava muito e me olhava, e não falava como quando está na aula porque me observava muito e pegou em minhas mãos e me pediu que levantasse a saia. "Me mostre seu coelhinho Roberto", disse, mas falei que ele não gostava que o chamassem de coelhinho porque já havia crescido e era grande. O professor García tirou minha calcinha enquanto me beijava o rosto, o cabelo e a boca, e me dizia se comporte garotinha, seu professor vai lhe ensinar muitas coisas. O professor García ficou parado com a boca aberta olhando para o Roberto. O professor García ficou tão parado que pensei que estava brincando de estátua. Roberto mexeu as orelhas e lhe mostrou os dentes. O professor García gritou e foi embora correndo. Roberto voltou a dormir.

Um som leve, rápido e monstruoso

Primeiro, a prótese dentária caiu nos ladrilhos azuis de seu quintal. Quebrou-se, e foi por causa desse som metálico e áspero que você parou de andar. Você se inclinou para pegar uma das metades. Notou que era velha e de alguém desleixado, sem nenhum tipo de higiene dental. Você se perguntou de quem poderia ser, se algum vizinho teve a ideia de jogá-la ou a deixou cair. Você ia dar mais um passo para pegar a outra metade, mas ficou refletindo sobre a pequena ironia de encontrar uma prótese dentária precisamente em seu quintal, o quintal de uma dentista, e, nesse momento, caiu o corpo de Menéndez, segundos depois de sua prótese.

O som do corpo de Menéndez se espatifando, quebrando-se, morrendo nos ladrilhos azuis de seu quintal, aquele ruído vulgar e profundo, a imobilizou. Você apertou a prótese dentária até machucar a mão e viu como o sangue de Menéndez manchava seu quintal. Você acreditou escutar como o sangue sujava o chão, você pensou compreender que era um som parecido com o frio, um frio leve, rápido e monstruoso.

Você se inclinou como por inércia e pegou o outro pedaço da prótese que estava bem perto de seu pé nu, seu pé descalço, um pé de 1º de janeiro, de feriado em casa, de começo de um novo ano produtivo e feliz com o vizinho Menéndez morto nas lajotas azuis de seu quintal.

Você observou o corpo de Menéndez, despido e sem prótese dentária. Você sorriu porque teria sido muito fácil consertar a prótese de Menéndez e você teria feito isso sem cobrar, porque Menéndez é seu vizinho, era seu vizinho. Tinha a boca aberta, vazia. A expressão era de ódio, um ódio puro, específico, dirigido, um ódio dirigido à vizinha do térreo B, você.

Você viu como o sangue de Menéndez, vermelho, mas no fundo preto, se aproximava devagar de seu pé direito, então ficou ciente de que, por meio centímetro, você não acabou embaixo dos ossos fracos, mas contundentes de Menéndez, embaixo da pele amarelada e gordurosa, assassina, de Menéndez, da boca sem dentes do velho nojento do Menéndez.

O som do corpo de Menéndez se suicidando nos ladrilhos azuis de seu quintal, aquele som que agora parecia tênue, quase insignificante, mas que tinha sido desmedido, cruel, se misturou à seguinte pergunta: por que teve de se matar em seu quintal? Havia muitos outros, quintais abandonados, quintais mais amplos, quintais com flores, quintais vazios, quintais charmosos, quintais sem qualquer vizinha estendendo a roupa de camisola e descalça em um 1º de janeiro. Você olhou para cima e entendeu que a única forma pela qual Menéndez podia se matar em seu quintal era subindo na parede do terraço. Menéndez escolheu seu quintal, escolheu você. Tinha tentado matá-la, ou, no mínimo, machucá-la. Tão preciso Menéndez, mas tão incompetente, você pensou.

Você sentiu um calafrio quando viu como o sangue percorria devagar, mas com ferocidade, o contorno de seu pé. O ínfimo som do líquido vermelho se movendo silencioso gelou seu corpo e você quis gritar, mas apenas continuou observando a prótese.

Você ouviu os vizinhos na porta de sua casa. Tantos vizinhos, tantos quintais, tanto barulho. Tocavam a campainha, batiam na porta, te chamavam, mas você estava fascinada olhando a prótese de péssima qualidade de Menéndez. Você riu porque entendeu que aquilo que estava acontecendo com você era uma piada de mau gosto do destino, uma dessas histórias que só acontecem com a namorada do amigo do primo do colega de trabalho, contado como algo engraçado e pouco crível em alguma reunião aleatória, mesclando sua história, sua verdade, com lendas urbanas improváveis, enquanto todos riem e bebem e pensam que nunca jamais um vizinho poderia cair na cabeça deles. E você sentiu que ninguém merecia aquilo que lhe estava acontecendo, não pessoas como você, pessoas corretas, profissionais, pessoas com a vida resolvida e organizada, pessoas de bem, você reconsiderou, porque é uma pessoa exemplar, com os valores no lugar e um destino de sucesso pela frente. Que o corpo repugnante e desnudo de Menéndez fosse o presságio de seu começo de ano, o sinal vindo dos céus, era simplesmente inaceitável. Que graças à intervenção de um dispositivo ordinário, um objeto decididamente pouco valioso como uma prótese usada, seu corpo jovem e vital, seus dentes perfeitos e radiantes, tivessem se livrado de acabar embaixo dos ossos decadentes, da pele envelhecida e suada de Menéndez, era um insulto.

Você ficou de cócoras apertando a prótese, segurando nas mãos as duas metades enquanto alguém arrombava sua porta e entravam vizinhos e policiais, e gritavam coisas e exclamavam frases cheias de pânico e você ouviu palavras soltas como senhorita, que loucura, suicídio, vizinho, ambulância, masculino, choque, delegacia, coitadinha, lavrar a ata, que desgraça, Menéndez, não somos nada.

Alguém pôs um cobertor sobre seus ombros em pleno janeiro e você achou tão natural a estupidez humana, o gesto automático de proteção sem sentido. Alguém tentou movê-la, levá-la até uma cadeira, mas você não queria que o contorno de seu pé perdesse o contato com aquele som bestial, porém quase inaudível, que você não queria deixar de ouvir. Trouxeram uma cadeira e você se sentou com os pés descalços, vermelhos e empapados.

A vizinha do quarto andar se aproximou. Você a reconheceu pelo cheiro de claustro e de incenso de dez centavos. Ela levou a mão à boca e falou que horror, meu bem, que horror, que desgraça, Deus nos guarde, que loucura. Tocou em seu cabelo e você tirou a mão dela como se espantasse uma praga, uma doença venérea, uma maldição bíblica. Ela bufou indignada e falou algo como atrevida e mal-educada, mas disse tudo isso de uma vez só *atrevidae-maleducada*. E você se perguntou que professora podia ensinar a se comportar civilizadamente ao lado do corpo nu e sem prótese de seu vizinho. Ela foi até a cozinha levando consigo o cheiro de naftalina e hálito saturado de uma mistura de medicamentos mofados com álcool disfarçado pelo café. Você não se importou que se somassem à vizinha do quarto andar outras vizinhas e todas comentassem, falassem, suspirassem horrorizadas enquanto apontavam para Osvaldito, como elas chamavam Menéndez, a quem, aparentemente, conheciam havia tanto tempo. Você pensou que as senhoras vizinhas que se reúnem nos corredores, de cabelo curto e mal pintado, de unhas compridas e esmaltadas, de cérebro pequeno amputado, estão unidas pela mesma e desacertada imbecilidade. Elas dividem uma paixão exacerbada pelos cachorrinhos frenéticos de raças polêmicas que, em geral, vêm programados com latidos minúsculos, mas que ferem. Essas mulheres são seres que parecem perfeitamente inofensivos, mas vivem comodamente submersas em uma mescla de maldade e normalidade produzida pelo ócio doentio, pela impunidade da velhice, pela necessidade de estarem presentes em todo acontecimento alheio para depois comentá-lo nos corredores, no elevador, nas reuniões de condomínio, na padaria, na portaria, com o porteiro, com os vizinhos de outros prédios, com elas mesmas, que tiveram a sorte de não estarem no lugar da jovem vizinha mal-educada.

Você as observou com atenção e elas lhe pareceram um grupo humano desprezível. Aquele grupo estava instalado em sua cozinha, serviam-se água de sua geladeira e fumavam com tal descaramento que você achou mais violentas do que o ruído de Menéndez retumbando em seu quintal. A maldade do ser humano não tem limites, você falou. Repetiu aquela frase com o pé ensanguentado e pensou que sua vida era uma vida comum na qual você se sentia feliz por solucionar os mal-estares de bocas e dentes alheios, você se sentia protegida limpando o sugador dental, ou com certo poder enquanto segurava o bisturi número 15 ou com um espírito aventureiro quando procurava uma cárie rebelde ou se sentindo importante quando proferia aqueles discursos ameaçadores e sérios sobre higiene bucal. E, às vezes, em um 1º de janeiro podem acontecer coisas tão simples, como um vizinho caindo em seu quintal, e todos os discursos e toda a aparente segurança da sua casa se reduzem a uma interminável série de frases trilhadas e que, para escapar delas, você decide que é melhor escutar o silêncio opaco do sangue que toca seu pé direito.

Você tirou o olho do pé (daquele pé estranho) e do sangue (daquele sangue desconhecido). Duas pessoas fotografam o corpo do vizinho morto em seu quintal, fazem anotações. Você olha para Menéndez como se o visse pela primeira vez, e entende que o som do corpo nu e sem dentes do velho nojento do Menéndez se espatifando nos ladrilhos azuis do quintal a encapsulou na anarquia, no caos engendrado pelos vizinhos que olham para você com pena fingida e com um certo desdém cordial, engendrado pelos policiais que se dirigem a você com palavras imperativas, quebradas, maquinais, engendrado pelo mundo opressivamente civilizado e atroz.

Você se cobre ainda mais com o cobertor, embora faça calor, porque agora você sabe, com uma certeza aguda, que o ruído tirou você de sua felicidade ordenada, fragmentou sua pequena vida de bem-estar, de acertos e verdades adequadas. Ali está, minúsculo e contundente, o golpe, o estouro do corpo de Menéndez dentro de você, embaixo dos ossos. É uma sensação leve, mas você intui que é definitiva, irreversível. Você inala e exala, e o ruído impiedoso irrompe nos buracos de sua casa, da cidade, do mundo. É como a água de um rio subterrâneo que você não vê, que está escondida atrás do sangue, à espreita, mas que você ouve machucando, com um silêncio implacável, leve e monstruoso, o interior dos pensamentos no centro de seu córtex cerebral.

Rosa Bombom

*Para Pili, minha irmã,
e para minhas amigas.*

*Depois de você não há mais nada,
Não resta mais nada, nada de nada.*
Alejandro Lerner

PRIMEIRO passo

Observe as lágrimas que caem de seus dedos. Pense em diamantes. Visualize Elizabeth Taylor. Deseje ter olhos lilás e maridos consecutivos. Erro. Retroceda. Você não precisa de mais homens em sua vida. Quer bater no carro de Penélope Charmosa. Pegue uma folha de papel e um lápis. Escreva a palavra "Lista" e enumere as coisas que tem de comprar para morrer com o estilo e a dignidade de uma personagem de desenho animado.

LISTA
1. Traje esportivo, porém elegante, desenhado para físicos esculturais.

Ignore o último detalhe, esse do físico escultural.
Continue, impávida.
2. Óculos brancos de *pin-up*.
3. Sombrinha com laço.
4. Botas brancas *go-go*.
5. Carrinho da marca ACME com lábios e olhos proeminentes fazendo as vezes de capô.

Não se aprofunde no fato perturbador de desejar morrer em um carro de rosto humano.

Lembre-se de que Você não tem grana na conta bancária. Rasgue a folha de papel e jogue o lápis dentro do aquário. Veja como seu peixe olha para Você com olhos deformados. Admita que seu peixe é uma aberração da natureza e desconheça o motivo pelo qual o comprou certa vez. Tente analisar por que deu o nome de "Pepino" a um peixe que a ignora de forma permanente. Medite sobre o motivo pontual de chamá-lo com apelidos fofos como "Pepino colorido" ou "Meu pepininho", como se fosse possível lhe transmitir carinho através da água. Admita que um peixe não é um vegetal e que seu peixe tem uma só cor: amarelo desbotado, amarelo repugnante. Observe o castelo de plástico roxo onde o lápis aterrissou. Reflita sobre qual o propósito fundamental de um peixe ter, como moradia aparente, um castelo ao qual ele ultrapassa em tamanho. Ache uma resposta para tremendo interrogante.

Concentre-se na palavra propósito. Considere objetivamente a pergunta a seguir: qual o propósito do amor? Deprima-se por não saber a resposta. Abra o pacote de batatas fritas Kellogg's e mastigue compulsivamente. Experimente um vazio, produto da falta de estruturas e certezas do universo amoroso. Pegue o vaso de cores brilhantes e dragões chineses e jogue-o no centro da reprodução de *Os girassóis* de Van Gogh. Entedie-se com o sorriso da Monalisa olhando para Você da parede na qual o vidro de *Os girassóis* se partiu em pedaços. Pense que existe algo naquele rosto que Você considera vagamente animal. Filosofe: "Será pela associação inconsciente da palavra 'mona'* ou porque eu acho aquela mulher realmente desagradável?". Lembre-se de que ele insistiu em comprar aquelas reproduções. Pegue um canetão vermelho permanente e desenhe dentes caninos no sorriso da Monalisa. Cite Duchamp e pinte nela um bigode. Ria. Alto. Não questione sobre quem é Duchamp nem por que uma vez ele desenhou um bigode em um ícone sagrado da arte. Você não tem tempo para se aprofundar em mistérios estilísticos, não em meio a uma crise emocional. Odeie *Os girassóis*. Tome consciência da antipatia que sempre experimentou por aqueles quadros. Complete a frase, acrescentando: "Quadros baratos". Visualize o ódio. Deixe-o fluir. Jogue a Monalisa pela janela. Observe como ela e o bigode despencam em uma laje abandonada. A seguir, jogue *Os girassóis* e observe como voam, sem o peso do vidro, pela fiação da cidade. Sinta um prazer secreto, mas não o reconheça porque Você está transitando por um estado de desolação e fúria. Perceba como um homem a observa triste, encostado em um carro estacionado.

Associe o carro ao fator-chave de que ele tinha prometido ensiná-la a dirigir, mas nunca o fez. Sentencie que ele é um covarde e sussurre as palavras: "Seu covarde de bosta". Surpreenda-se com sua ousadia. Você nunca xinga. A proporção da covardia

---

* Aqui a autora faz um jogo com a palavra *mona* e o traço animal que percebe no quadro, pois *mona* em espanhol significa "macaca".

é muito superior à intensidade do xingamento, portanto grite: "SEU COVARDE DE BOSTA". Separe a palavra com silêncios significativos: "Seu co var de de bos ta". Rompa em pranto, silabando: "Seu, Seu, Cooo, Varrr, Ajjj, De, Deeee, De, Bosjjj, Booos, Taaaaa".

Examine os efeitos colaterais causados pelo incremento de sua loucura emocional. Considere que atingiu só uma parte do objetivo.

SEGUNDO passo

Pegue a caixa dos Kleenex. Perceba como as princesas da Disney olham da caixa para você. Almeje se tornar Branca de Neve, depois Cinderela, depois a Bela Adormecida. Exija do destino poder dormir de forma ininterrupta dentro de uma cama de cristal e sugira que o detalhe da beleza pode ser desconsiderado. Você quer dormir e sonhar que está com ele para sempre, vivendo felizes e comendo perdizes. Você é vegetariana, mas não preste atenção nesse detalhe. Esqueça sua repulsa pela carne e coma as perdizes, pois essa é a garantia da felicidade. Pondere: "Meu desejo de estar com ele para todo o sempre é uma utopia?". Relacione a palavra utopia com a palavra revolução. Evoque a camiseta de Che Guevara que ele vestia no dia em que se conheceram. Pense em Cuba e chore pelas revoluções concretizadas e por aquelas que nunca foram realizadas. Suje uma dúzia de Kleenex e espalhe-a pelo chão. Sente-se ao lado do telefone e o olhe de tal forma que seus olhos comecem a doer. Verifique se o telefone funciona. Escute a secretária eletrônica e, quando a voz anunciar "Você não tem novas mensagens", reprima a imperiosa necessidade de esfaquear a pessoa ou a máquina que gravou aquela mensagem de tom impessoal, porém enfatizando a palavra "não", chamando a atenção, de forma subversiva, ao fato de Você nunca receber ligações.

Olhe com estranhamento para o bloco de notas que ele deu de presente para Você quando fizeram um mês de namoro. O bloco tem uma reprodução de *A persistência da memória* de Dalí. Admita que Você acha a metáfora do tempo derretendo uma banalidade repetida à exaustão, mas se permita sentir um certo apego pela imagem porque foi um presente dado por ele.

Ligue para ele. Desligue.

Quando ouvir o telefone tocar, exalte-se. Controle a necessidade justificada de querer pular de alegria. Segure a respiração, atenda a ligação tremendo e sinta o estômago se embrulhar. Diga: "Aaaalôô". Advertência: Você deve usar um tom de sofrimento velado. Escute como uma operadora oferece um plano de ligações gratuitas com seu ente querido. Note como o embrulho no estômago se transforma em um conjunto de aranhas peçonhentas andando por sua garganta. Vocifere: "NÃO TENHO ENTE QUERIDO". Desligue. Agora, as aranhas são escorpiões.

Exercício: Lembre-se dos momentos de felicidade ao longo de sua vida e escreva-os em um papel sob o título de "Lista Feliz".

Objetivo: Fortalecer a confiança interior.

LISTA FELIZ
- ♥ O dia em que o conheci.
- ♥ O dia em que ele me beijou pela primeira vez.
- ♥ O dia em que fizemos um mês de namoro.
- ♥ O dia em que ele me deu uma flor.

- ♥ O dia em que ele veio morar comigo.
- ♥ O dia em que ele me presenteou com uma estrela.
- ♥ O dia em que ele me disse que eu era seu amor para sempre.

Conclusão do exercício: Chupe balas Media Hora. Sinta náuseas e vontade de cuspi-las, mas não faça isso porque essas balas de anis eram as preferidas dele. Reconheça que é uma forma sincera e apaixonada de lhe prestar homenagem.

Ligue para ele pela segunda vez. Quando a secretária eletrônica atender, desligue. Desiludida, ligue pelo celular para o telefone fixo dele, para escutar a mensagem que gravaram juntos quando eram felizes: "Alô, deixe sua mensagem depois do sinal. Biiiiiiippppp, hahahahahaha". Imagine como abrem o peito dele e enfiam ali uma bomba. Celebre Hiroshima. Sinta culpa judaico-cristã pelos mortos que nunca conheceu. Experimente a culpa edípica pela maldade no mundo, pelas guerras em particular, pela morte em geral. Lamente não poder arrancar seus próprios olhos, não ter essa coragem, não saber como vivenciar uma verdadeira tragédia, não ser grega. Evoque o filme *Hiroshima mon amour*. Odeie a palavra *amour*, odeie a língua francesa, grite: "ODEIO PARIS, ODEIO O AMOR". Lembre-se de que ele queria ir com Você até a Torre Eiffel para pedi-la em casamento. Aprofunde-se no conceito. Deduza que não só era um projeto impraticável, mas também era uma mentira imperdoável na qual Você acreditou. Rasgue o pôster da Torre Eiffel colado em cima da privada. Tente entender a analogia oculta, o significado escondido de colar o pôster da Torre Eiffel naquele lugar específico. Saiba a resposta, mas ignore-a por ser violenta, por ser óbvia, por ser uma obviedade violenta.

Ligue para ele pela terceira vez. Murmure: "Alô, sou eu". Sinta-se estúpida. Imagine Penélope Charmosa declarando seu amor pela Formiga Atômica. Lembre-se de que ele chamava Você de "Formiguinha". Grite: "te odeio, infeliz".

Desligue.

Imortalize o momento jogando o telefone de *plush* lilás contra a parede que tem a coleção de estatuetas de cristal que ele, de forma consecutiva e sucessiva, lhe deu ao longo dos anos. Observe como a girafa transparente voa pelos ares e como o translúcido casal de amantes sentado no banco de praça de mãos dadas cai no chão. Aproxime-se, pegue a estatueta e verifique o estado. Intacta. Chore. Aperte a estatueta e jogue-a pela janela. Contemple como os cristais se espatifam no asfalto. Comprove que o homem triste encostado no carro não tenha visto Você cometendo um possível atentado contra um pedestre inocente e fique contente ao ver a rua vazia. Coma alfajores Havanna e suspire, mas experimentando certa calma ao ver os clarões brilhantes do cristal sobre o asfalto.

Vá ao quarto. Vasculhe a gaveta da roupa interior e, quando encontrar a carta que ele escreveu para Você quando fizeram três anos de namoro, abra-a. Leia em voz alta.

Formiguinha linda, amor da minha vida:
Eu te amo loucamente. Te amo mais que minha vida, mais
que o universo todo. A vida sem você não tem sentido.
Te amo mais que o time do Racing.
Seu amor para todo o sempre.

Caia no chão sem forças. Pressione a carta sobre o peito e chore de maneira efusiva. Sinta-se Grecia Colmenares* em *Maria de nadie*, mas com o porém de ter um cabelo que só bate nos ombros.

Quando recuperar a energia, pegue o telefone. Conecte-o. Verifique se, efetivamente, conseguiu quebrá-lo. Escute o pulso e sorria aliviada.

Faça um balanço do estrago e chegue à conclusão de que isso não é suficiente. A desgraça que a assola pesa mais que um quadro voando pela fiação. Corrija-se e exclame: "Um quadro de bosta voando pela fiação". Abra a janela e grite: "merda".

TERCEIRO passo

Exercício: Faça uma colagem.
Objetivo: Atingir o bem-estar emocional.

Pegue as fotos em que Você aparece com ele.
Jogue-as no chão.
Organize-as de acordo com o quanto você estava feliz ou infeliz no momento.

Sente-se no tapete de pelúcia que imita um tigre morto em uma caçada inexistente. Lembre-se de que ele iria ensiná-la a caçar, mas quando Você disse que não tinha interesse em matar animais inocentes, ele lhe deu um revólver e o tapete.

---

* Atriz venezuelana de cidadania argentina e reconhecimento internacional, famosa nas décadas de 1980 e 1990 pelo comprimento do cabelo e pelos papéis como protagonista em telenovelas, entre elas *Maria de Nadie*, transmitida em 1985 pelo Canal 11 (hoje Telefé).

Examine a colagem que fez sobre as lajotas marrons e experimente uma dor envenenada pelas aranhas e pelos escorpiões. Lamente-se e declare: "Essa é a colagem do meu único e último amor". Dê a si mesma o tempo necessário para repetir a frase reiteradamente até que as palavras se tornem sem sentido.

Acenda um cigarro. Tussa. Você não fuma, mas são os cigarros Marlboro Light que ele esqueceu depois de fazer a mala. Enquanto queima com o cigarro os olhos dele em todas as fotos nas quais aparece lindo e abraçando Você, sussurre: "Você partiu meu coração em mil pedaços". Balance seu corpo para a frente e para trás e assuma que ingressou em um estado do qual não há retorno. Deseje tornar-se uma assassina em série, mas lembre-se de que Você não possui a lucidez necessária para cometer um assassinato, nem dois, nem três, nem vinte.

Deite-se no tapete e fume pensativa.

Rasgue as fotos e bote-as embaixo do anão de jardim que Você tem na sacada. Olhe para o rosto do anão e maravilhe-se com a assustadora semelhança dele com seu peixe. Mude de ideia. Enfie as fotos no micro-ondas e regule o tempo máximo na temperatura mais alta. Ponha o Enrique (o anão) dentro do aquário. Não se preocupe com o destino do Enrique, nem do Pepino, nem do micro-ondas.

Conclusão do exercício: Desfrute do momento presente, coma biscoitinhos salgados Don Satur e olhe para o vazio.

QUARTO passo

Pense em Susana Giménez.* Questione o que Susana Giménez tem a ver com tudo o que está acontecendo. Sinta como sua lucidez vai se diluindo em uma estampa de *animal print*. Observe como as manchas dos jaguares, das zebras e dos dálmatas obscurecem sua razão.

Note a presença, sobre a televisão, do gato chinês da boa sorte que ele comprou quando foram comer *chow fan* misto no restaurante Todos Contentes do bairro chinês. Tenha certeza de que o gato é a causa de todas as suas desgraças pois, no dia seguinte, ele a deixou. Vá à cozinha, ponha água em uma panela, acenda a boca em fogo alto e introduza o gato. Deixe ferver.

Corra para o banheiro, olhe-se no espelho. Certifique-se de que está pálida e com olheiras. Reconheça que deixou de ser Grecia Colmenares para se tornar Andrea del Boca,** de *Celeste*, não de *Perla negra*. Suspire com convicção e afirme: "Não estou louca". Aceite que é mentira, pegue o esmalte vermelho cintilante e escreva no vidro: "Te amo, seu cachorro infeliz e lindo".

Experimente uma sensação de êxtase, corra até o telefone e ligue para ele pela quarta vez. Escute como uma voz feminina atende o telefone. Desligue e diga para si mesma: "Disquei errado". Ligue pela quinta vez e, quando escutar a voz feminina, fique impossibilitada de falar. Seja testemunha de como ele, antes de atender, diz para a voz feminina: "Deixa, amor, me dá o telefone, formiguinha".

Desligue devagar e, enquanto faz isso, tenha certeza absoluta de qual será o próximo passo.

* Atriz e apresentadora argentina, ícone da televisão aberta.
** Atriz argentina. Na telenovela *Celeste* (1991), representou o papel de uma moça meiga do interior que vai para a capital e é maltratada pela mulher do pai. Em *Perla negra* (1994-5), por sua vez, a protagonista é corajosa e aventureira em busca de justiça para a melhor amiga.

QUINTO passo

Aproxime-se da janela e meça a distância entre o asfalto e seu corpo. Intua que existe a possibilidade de acabar muito machucada, mas viva. Ria. Sem vontade. Mastigue de forma automática bolachas Amor. Perceba a ironia brutal do destino e jogue o pacote no lixo.

Vá até o guarda-roupa e abra todas as caixas de sapatos. Sinta uma energia exultante ao encontrar uma sacola com roupas que ele nunca veio buscar. Jogue-as na máquina de lavar e acrescente água sanitária. Corte a cabeça do tigre e a enfie no forno. Ponha a temperatura máxima. Continue procurando entre os sapatos e encontre a arma que ele lhe deu. Examine-a com atenção. Verifique se há balas. Lembre-se de que uma vez ouviu Mirtha Legrand[***] dizer que as mulheres não atiram em si mesmas. "As mulheres", dizia Mirtha em um dos almoços, "se envenenam ou tomam comprimidos porque é menos sangrento e porque antes de morrer levam em consideração os vivos que vão fazer a limpeza." Descarte o pensamento anterior por ser retrógrado, porém admire a cultura geral da sra. Legrand. Deleite-se com o fato inquestionável de que ele é o único contato a quem podem chamar. Depois do dano irreparável que lhe causou, ele não merece a paz de espírito que vem com uma morte limpa.

Ande devagar até a sala com a carta de amor na mão. Procure por pregos, mas lembre-se de que ele os levou. Busque a fita Scotch, mas sem encontrá-la. Abra o kit de primeiros socorros e recorra aos curativos. Cole a carta na parede com dois curativos, um deles com a imagem da Hello Kitty, e o outro, com a do Snoopy.

[***] Atriz e apresentadora argentina, ícone da televisão aberta há décadas e famosa por seu programa de almoços com figuras reconhecidas da sociedade argentina.

Sente-se no meio do caos, no meio do destroço emocional, material e concreto. Olhe para a carta e exclame: "Sou muito jovem para morrer". Admita que essa foi uma frase vazia. Pegue a arma. Sorria com certa emoção. Encoste a arma na têmpora direita. Permita fluir a sensação de estar fazendo o certo. Diga: "É o certo". Repita. Afirme: "É o certo".

Pare. Respire, e abaixe a arma. Contemple seus pensamentos. Deixe sua mente ficar em branco e observe-a. Reconheça Você mesma como Monalisa, rodeada de girafas de cristal, dentro de um campo de girassóis, tentando caçar tigres de pelúcia para dá-lo a Enrique e ao gato chinês da sorte que moram no castelo roxo, onde relógios de plástico derretem no fogo do amor que ele e a voz feminina sentem, olhando para Você e rindo do alto da Torre Eiffel, enquanto Pepino dança com o casal translúcido que cai de uma janela bem em cima da cabeça do homem triste que sussurra para Penélope Charmosa: "Te amo mais que o time do Racing". Grite: "CHEGA", e aperte o gatilho. No instante em que a bala perfurar seu crânio, visualize uma calma rosa, rosa bombom.

Anita e a felicidade

Pablo detestava Anita, pois não podia comprovar o que suspeitava desde quando a conheceu: que Anita era alienígena.

Odiava o nome dela porque não era uma simples Ana, uma Ana com problemas reais como celulite, contas para pagar ou o terror de saber que o ser humano é apenas um parêntese no meio de duas incógnitas. O nome Anita evocava um ser indefeso, uma mulher de contextura frágil, com alguma doença crônica precisando de cuidados porque sim, simplesmente por ser portadora de um diminutivo. Mas Anita era muito mais e por isso Pablo resolveu se apaixonar, apenas para corroborar que por trás dessa fraqueza aparente podia estar oculto um cérebro mestre capaz de conquistar o universo, ou um depredador incansável que esmagasse a raça humana.

Uma das peculiaridades dela era seu vício pelo trabalho. Ninguém podia ser viciado em catalogação de livros de uma biblioteca de bairro. Anita tinha sido contratada por conta de sua memória privilegiada e, de início, Pablo pensou que ela tinha algum grau de autismo (muito calada, rígida, automática), mas quando ela recitou, sem pausa, o primeiro capítulo de um livro de química supramolecular e falou que era uma de suas paixões, Pablo começou a suspeitar que havia algo estranho em Anita.

Antes de falar, Anita sempre fechava os olhos devagar, parecia que ativava um dispositivo interno que ditava o que dizer. Começava muitas frases com "Andei pensando". Como quando dizia a Pablo, logo depois de fechar os olhos, "Andei pensando que devíamos ter relações sexuais" e Pablo olhava para ela e respondia "Quer dizer que você quer que eu te coma, que te coma bem comida? É isso o que você quer, Anita?", articulando o "Anita" com raiva, com desdém. E ela, com cara de funcionária pública carimbando formulários de declaração do imposto de renda, fechava os olhos e respondia "Andei pensando que sim", e ficava em pé e começava a tirar a roupa como alguém que limpa vidros ou joga fora remédios vencidos, com uma certa organização e exaustão que não queria que Pablo, o humano, notasse. Pablo sentia um pouco de vergonha ao se excitar por esse ritual ascético, no qual ela se despia e deitava na cama e abria as pernas e permanecia observando o teto sem dizer nenhuma palavra.

Ele acreditava, cada dia com maior certeza, que Anita tinha recebido uma missão de seu planeta: "Você vai se chamar Anita porque é fofo, vai pensar de olhos fechados porque soa profundo e vai ser viciada em trabalho porque parece sério. Quando se integrar, recolherá a maior quantidade de informações para podermos escravizar a humanidade, pois são uma raça inferior, defeituosa. Porém, você estabelecerá conexão com o melhor espécime que achar". Era por isso que Pablo aceitava fascinado, mas com algo de abjeção, todas as anomalias de Anita, como a obsessão pela correspondência recebida pelos vizinhos e pelo próprio carteiro, a quem espiava a cada vez que vinha. Anita roubava as cartas, lia e devolvia para o carteiro. Pablo tinha certeza de que eram mensagens cifradas enviadas pelos comandantes do Planeta x e que ela tinha de processar, também de que o carteiro devia ser um deles, outro alienígena. Tampouco não dizia nada quando Anita sumia, sem avisar, durante horas ou dias, porque sabia que ela devia se comunicar com seu povo, entregar regularmente relatórios sobre os costumes terrícolas.

Anita não xingava. Aquele dia em que ela cortou o dedo, disse: "Fruta que caiu, cortei meu dedo". Pablo não conseguia segurar a vontade de gargalhar e, depois, a vontade de empurrá-la de um precipício. Nesses momentos, perguntava a si mesmo se aquele caçador intergaláctico que supostamente era Anita seria na verdade apenas um alienígena desterrado do Planeta x por ser imbecil.

Pablo amava Anita, mas não conseguia não detestá-la. Quando fantasiava pegar uma faca para cortá-la ao meio e, finalmente, conhecer o extraterrestre, olhava para ela como algo semelhante à admiração e ao nojo. E ela, confusa, fechava os olhos e falava, com olhar de peixe morto: "Andei pensando que devemos copular" e Pablo se entregava, com uma felicidade imprecisa, ao ritual casto, artificial, sempre tentando descobrir mecanismos, botões escondidos, comportas que revelassem que o corpo de Anita era apenas um receptáculo no qual se ocultava o verdadeiro extraterrestre. Ela parecia não desconfiar daquelas carícias exploratórias, pois Pablo acreditava que Anita estava muito concentrada lembrando das posições, dos gemidos que devia dar nos momentos indicados para

Anita e a felicidade

dá-los: oh, uhm, isso, mmmmmh, meu deus e um ah breve, porém com mais energia que os anteriores, para que Pablo notasse que ela teve um orgasmo, no momento em que supostamente devia tê-lo. O corpo dela não estremecia e Pablo temia ser um péssimo amante para o alienígena e assim confirmar a inutilidade da espécie humana.

Com o passar do tempo, as ausências de Anita foram mais frequentes. Pablo começou a sentir saudades da paranoia que lhe causavam as aparições repentinas de Anita, silenciosas, com aquele olhar de quem não o conhecia e dizendo, logo depois de fechar os olhos, "Andei pensando que devemos nos reproduzir" e do ódio que ele sentia, mesclado com euforia pela escolha das palavras de Anita, pois a possibilidade de ter um híbrido lhe causava horror e felicidade.

Um dia, Anita sumiu de vez. Pablo se sentia orgulhoso porque significava que ela havia retornado ao Planeta x e estava relatando sobre como era viver com o humano Pablo, um ser excepcional. Ignorou os boatos dos vizinhos que comentavam, com malícia, que Anita tinha trocado Pablo pelo carteiro. Pablo olhava para eles com pena porque, dentro de suas existências triviais, eles ignoravam a verdade.

Uma tarde ele a viu no metrô, com aquela sua cara de polígono hexagonal da qual sentia tanta saudade. Quando se aproximou dela e disse "O que você anda fazendo por aqui, Anita?", ela respondeu "Não sou Anita". Pablo duvidou, mas insistiu "Vai, Anita, chega de brincadeira, bora pra casa", e ela fechou os olhos e disse "Não sou Anita, sou Clarita". Pablo a observou com atenção. Era igual a Anita, mas não completamente. Tinha algo diferente nos olhos, no cabelo. Era mais bonita, se essa qualificação era válida para descrever um alienígena. Pablo pensou: "Começou a invasão" e sentiu uma mescla de terror e alegria. Sentou-se ao lado dela, sorriu e lhe disse "Oi, Clarita, me chamo Pablo".

DEZENOVE GARRAS E UM PÁSSARO PRETO

Lava-louças

O amor te esgota, leva consigo grande parte do / seu peso em sangue, açúcar e água. / Você é como uma casa que vai perdendo / lentamente a energia elétrica, os ventiladores / funcionam cada vez mais devagar, as luzes diminuem e / piscam, os relógios param e funcionam e param.
LORRIE MOORE

1

Manhattan tinha esburacado o cérebro de Jane. Foi de maneira brutal e simples. O cérebro dela tinha sido esburacado completamente! Jane imaginava que, à noite, seu cérebro era transportado até uma fábrica de coadores. Alguém o jogava em uma esteira transportadora e as máquinas se ocupavam do resto. Mas essa não era a sensação que mais afligia Jane. Era a luz.

Sabia, disse Jane a Carrie, que não posso digerir a solidez do ar e da luz das ruas de Nova York? Carrie olhou para ela desconcertada e respondeu: Solidez? O que você quer dizer com isso, Jane? Não consigo te compreender. E Jane suspirou, incomodada com a complacente ingenuidade de sua amiga. Ah, Jane, vai, me explica. Fico sempre confusa com suas frases estranhas e profundas. Jane olhou para ela fixamente e sorriu. Você não compreenderia, Carrie, é apenas uma sensação. Sensação de que as coisas se rompem em pedaços densos que não me deixam respirar. Bom, mas devo dizer que isso não é possível, Jane. É produto de sua imaginação cansada. Você devia ir ao médico, Jane, viu? Você parece cansada. Jane odiou a si mesma por ter permitido que a conversa chegasse àquele ponto. Agora sabia o que viria e, para não ouvir Carrie, acendeu um cigarro. Ai, meu Deus, Jane, já falei tantas vezes a mesma coisa. Você devia visitar o dr. Wesselmann. Ele foi indicado como um dos melhores médicos na última edição da *New Yorker*. Tinha cinco estrelas e mostrava um fino gosto por móveis em fórmica. Vi fotos do apartamento dele na Quinta Avenida, na edição de junho da *Harper's Bazaar*. E ele é bem atraente, viu? É viúvo, Jane. E Carrie deu uma piscadela, como fazia sempre, e depois a observou em silêncio, com aquele olhar que sempre incomodava Jane, pois pensava que o cérebro de Carrie às vezes ficava sem pulso, sem batimentos, completamente silencioso. Jane serviu-lhe mais limonada. Você está certa, Carrie, irei ao médico. E com essa frase concluiu o encontro. Carrie pegou seus pertences, levantou-se, despediu-se de pé com beijos no ar, virou-se e foi embora.

Jane odiava aqueles beijos no ar de Carrie, e, pensando bem, odiava Carrie inteira, odiava-a como um todo, mas nunca conseguira lhe demonstrar que não era bem-vinda. Jane havia tentado de tudo, mas Carrie era como uma máquina social. Sua única função era fazer pequenas visitas a pessoas pequenas e tornar a vida delas mais miserável e pequena, e depois ir embora com beijos no ar. O ritual, por outro lado, era sempre o mesmo. Carrie tocava a campainha e entrava com uma frase já começada, uma frase extraída de alguma outra visita a alguma outra pessoa, como se o tempo entre cada uma dessas visitas fosse prolongado sem cortes aparentes: "...e a sra. Hamilton não parava de rir, você sabe do que estou falando, lógico, parecia uma lunática rindo, com aquele laço de bolinhas vermelhas na cabeça, tão fora da moda, e as pessoas olhavam para ela com ar de reprovação, mas ela continuava rindo e não se importava com o laço, que caía de lado, estragando completamente o penteado. Ela devia cuidar do visual, viu? Pois agora que é divorciada...". Nesse momento, Carrie fazia um grande silêncio, um silêncio cheio de repulsa pela ideia de que uma pessoa, uma mulher, tivesse tido o péssimo comportamento de destruir o sagrado artifício que é o matrimônio. Jane sabia que Carrie não a desprezava completamente porque Jane era solteira e ainda havia esperança para ela. Carrie se ocuparia de guiá-la pelo bom caminho do amor contratual. "...uma divorciada, entendeu Jane? Como tem coragem de se comportar dessa maneira?". Jane só conseguia dizer "Olá, Carrie" e ia atrás dela até a cozinha, a cozinha de sua casa, onde Carrie já tinha pegado um prato fundo para os petiscos "...e, deixa eu te contar uma coisa, meu marido me falou que a sra. Hamilton simplesmente perdeu a cabeça, sabe?". Jane acreditava que Carrie, além de uma máquina social, era uma máquina covarde, pois sempre que fazia algum comentário negativo sobre alguém, o fazia citando seu marido. Jane o imaginava como uma pequena engrenagem dentro da máquina social que era o mundo de Carrie. Jane desconfiava que o marido de Carrie era uma porca ou um parafuso sentado com uma cerveja, assistindo ao jogo entre o New York Yankees e o Boston Red Sox, enquanto Carrie falava e servia petiscos para ninguém, para mais uma peça da estrutura metálica que era sua vida. Sabia que o marido de Carrie jamais falaria coisas como: "A sra. Hamilton é uma lunática" ou "Carrie, sua amiga Jane parece um pouco sem sal, não tem graça, sabe? Falta aquele brilho que há nas mulheres que sabem o que significa ser mulher. Sua amiga Jane é apagada e é esse o motivo pelo qual ela está solteira". Porém, sim, imaginava isso saindo da boca mecânica de Carrie. Sabia que essa frase havia sido repetida para todos os pequenos indivíduos aos quais Carrie fazia as visitas automáticas. Jane optara por aceitá-la como outro aspecto inevitável e fastidioso da vida, como se aceita os insetos ou a carne congelada.

Jane se perguntou se, afinal, não seria uma boa ideia visitar o dr. Wesselmann. Depois, olhou-se no espelho e suspirou. Tinha a pele enrugada. Isso lhe dava um aspecto de mulher adulta, de uma mulher que sabe que a alegria e a juventude são supervalorizadas e aceita as consequências disso. Acendeu um cigarro e procurou o cinzeiro. Viu-o na mesa e se deteve. Sempre parava quando localizava um objeto imutável, porém vivo. Ninguém podia garantir com certeza absoluta que aquele objeto de forma oval não estivesse vivo. Havia algo, pequenos detalhes, que sempre a deixavam em dúvida. Ficava horrorizada com os traços monstruosos do cotidiano. Aquelas coisas que olhamos, mas não vemos, das quais não sabemos a verdadeira essência. A luz projetava a sombra do monte de cigarros amassados. Esse detalhe lhes outorgava uma entidade que Jane não estava disposta a assumir. Teria gostado de que os cadáveres dos cigarros simplesmente sumissem no ar, na luz. Mas isso nunca acontecia e Jane aprendera a conviver com esse medo. Depois pensou no coador que era seu cérebro e perguntou para si mesma se seria uma boa ideia fumar. Imaginou a fumaça se espalhando pelos buracos de sua cabeça para depois se transformar em cristais opacos que voariam pelo ar, acumulando-se, até asfixiá-la. Riu com aquela imagem, mas sua boca estava estática.

Jane foi até a cozinha e abriu a geladeira. Podia descongelar o ensopado de bisteca. A ideia não a empolgava, mas preferia comer assistindo a *I love Lucy* do que ir ao restaurante de *fast-food* onde os funcionários a tratavam como uma estranha. Não podia compreender como ou por que isso acontecia. Uma das teorias era que os hormônios localizados nos corpos dos funcionários adolescentes não lhes permitiam decorar o rosto de pessoas que vinham praticamente todos os dias. Por outro lado, Jane ficava perturbada com as espinhas que os funcionários tinham na pele rosada, pele que lhe lembrava gordura de porco. Sabia que a sombra que as espinhas projetavam era insalubre, por isso nunca olhava para eles diretamente. Ela achava que os funcionários se pareciam uns com os outros. Uma cópia servil de si mesmos. Não conseguia distingui-los, embora se esforçasse. Porém, Jane continuava indo ao restaurante de *fast-food* porque sabia, com certeza absoluta, que as batatas fritas servidas ali eram as melhores da cidade.

Foi até o banheiro e olhou-se no espelho. Tinha pequenos hematomas no rosto. Não sabia de onde haviam surgido. Pensou que as sombras das coisas podiam ter impacto sobre os corpos, deixando marcas que ninguém via, com exceção dela, porque Jane reconhecia o verdadeiro peso existencial dos objetos. Depois desse pensamento, resolveu visitar o dr. Wesselmann, não porque sentisse que ele podia consertar os buracos de seu cérebro ou aliviar essa sensação de se sentir acabada, mas porque precisava que a conversa com Carrie desse um giro, precisava extirpar das visitas a frase: "Ai, meu Deus, Jane, já falei tantas vezes a mesma coisa. Você devia visitar o dr. Wesselmann".

11

Jane ligou para o consultório do dr. Wesselmann para agendar uma consulta. Quando a secretária perguntou o motivo, Jane só conseguiu falar: É por causa da luz. A secretária fez um silêncio incômodo do outro lado do telefone e Jane arrependeu-se de não ter pensado em uma razão convencional como dor de barriga ou enxaquecas permanentes. A secretária disse: Então, sra. Rosenquist, a senhora tem problemas de visão? Jane queria ter dito que não, mas respondeu: Sim, exatamente esse é meu problema. E acrescentou: Sou senhorita, não senhora. E marcou o horário da consulta.

Foi até o quarto e abriu o guarda-roupa. Queria estar linda e escolheu um traje que usava em ocasiões especiais. Queria causar uma boa impressão. Afinal, o dr. Wesselmann era viúvo e ela, solteira. Incomodou-se com esse seu pensamento. Culpou Carrie, seus malditos petiscos e sua influência expansiva e prejudicial. Com raiva, tirou o traje e permaneceu nua no meio do cômodo, sem conseguir reagir. Olhou-se no espelho. Sua beleza era evanescente. Com o passar do tempo, havia se tornado uma beleza leve, sem corpo. Os pequenos hematomas a deixavam inconformada com seu rosto e aplicava demasiada maquiagem em sua pele que, a cada dia, tolerava menos. Ela notava como, aos poucos, uma camada de maquiagem ia se acumulando. A camada era de tom amarelado, por momentos acinzentado, porém preferia isso aos hematomas. O telefone tocou:

— Alô.

— Jane, é a Sharon.

— Ah, oi, mãe.

— Não sou mãe, Jane, sou a Sharon, quantas vezes preciso te falar pra me chamar de Sharon?

— Oi, Sharon.

— Estou no Havaí.

— Eu sei, você ligou semana passada.

— O Billy está fazendo agachamentos na borda da piscina. Estou apaixonada, Jane, você devia conhecê-lo. Ele é tão lindo com aquele cabelo preto e os músculos reluzentes.

— O que houve com o Charly?

— Charly? De quem você está falando?

— Do Charly, você estava apaixonada por ele semana passada. Descreveu ele como a melhor bunda deste bendito mundo. Foram exatamente essas as palavras que você usou, mãe.

— Ah, sim, é verdade. Claro, sim, o Charly. Gosto mais do Billy. Ele tem um carro conversível e é mais novo. Todas as manhãs, ele me diz: "Baby, você é minha pequena princesa".

— Ele nem imagina sua idade, né?

— Não fale besteiras, Jane.

— Desculpe.

— Jane, me ouça, cuide bem do dinheiro que seu pai nos deixou, não faça loucuras com ele. Você sabe que seu pai não teria gostado de ver você desperdiçando.

— O pai está morto. Não pode opinar sobre o dinheiro que deixou pra nós.

— Não fique zangada, Jane, só não quero que passemos fome.

— A gente não está em guerra, mãe, não vamos passar fome.

— Pois é, eu sei, Jane, mas eu não saberia o que fazer sem sua ajuda.

— Você sabe muito bem que eu invisto o dinheiro em negócios lucrativos. Sua viagem pro Havaí é prova disso, Sharon.

— Não falemos sobre o dinheiro, Jane, você sabe que não gosto. Acho feio.

— Do que você quer falar?

— Por que você não vem pro Havaí pra tomar uns drinques na praia? Aqui tem jovens bonitos e bronzeados.

— Não gosto de gente bronzeada. Têm pele morta no corpo.

— Meu Deus, Jane! Você sempre com esse tipo de comentário hostil e esquisito. Você está namorando?

— Não.

— Imaginei. Com essa voz.

— Qual voz, mãe?

— Sharon.

— Qual voz, Sharon?

— Voz de mulher solteira, Jane. Você sabe do que estou falando.

— Não, não sei. Preciso desligar. Aproveite sua nova aquisição.

— Do que você está falando? Não comprei nada.

— Você sabe muito bem do que estou falando, mãe.

E Jane desligou.

Fechou o roupão e se deitou no sofá. Buscou os cigarros, mas os deixara no quarto. Olhou para o teto. Não lembrava das bundas de seus ficantes, nem sequer da bunda do único namorado que tivera. Lembrou-se de John, um funcionário que tirava fotografias para os crachás. Tinha mãos pequenas, mãos de brinquedo. Cheirava a repolho. Tentou beijá-la no segundo encontro, logo após chamá-la de Stella, mesmo depois de Jane dizer várias vezes que esse não era seu nome. Lembrou-se da voz aguda de Bob, uma voz de mulher disfônica. Ele a levou a um restaurante italiano e pediu frango e salada para duas pessoas. Trabalhava em uma fábrica de doces, e, durante o encontro todo, só falou das diferentes maneiras de fabricar todas as variedades de doces existentes no mercado e de como gerar aqueles doces que não existiam, mas que passariam a existir em um futuro próximo, pois ele se ocuparia de gerar essa existência. Quando Jane perguntou por que amava tanto o trabalho (e a palavra existência), ele respondeu que não amava, mas que não podia falar de outra coisa. E se lembrou de Mike, seu namorado. Ele a havia abandonado por uma dançarina exótica que falava francês e trabalhava como bibliotecária. Usava perfume barato e um colar com crucifixo de ouro. Jane sempre a considerou como a principal representante de uma associação que podia se chamar "Devota Crueldade". Mike detestava os crucifixos, porque eram elementos de tortura, mas, aparentemente, não os detestava o suficiente. Lembrava-se das coisas mais ridículas, mas não das bundas.

Tocou a campainha. Jane sabia que era Carrie. Havia trancado a porta pois sabia que Carrie, em algum momento, passaria com seus petiscos e seus beijos no ar. Não se levantou. Não estava com energias para Carrie e deixou a campainha tocar. Como toda máquina, Carrie estava programada para fazer visitas e, se não as fazia, a engrenagem interna dela começava a enferrujar. Por esse motivo, Carrie tocou a campainha durante cinco minutos, acreditando que, dessa forma, alguém substituiria a ausente Jane e ela não teria nenhum conflito com sua programação interna. Jane desfrutava do momento, desfrutava da única vingança que, de tempos em tempos, permitia a si mesma. Carrie não sabia o que fazer com o tempo livre, com o tempo sem visitas, e Jane se deliciava de prazer. Imaginava a cabeça de Carrie em curto-circuito, uma fumaça colorida saindo pelas orelhas e os olhos desorbitados girando sem parar.

Quando Carrie foi embora, Jane voltou para o quarto.

Olhou-se no espelho. Não sabia por que não agia como uma pessoa com dinheiro. Não sabia por que não conseguia utilizar as cédulas que ganhava para ir até o shopping e comprar dez aquários com peixes tropicais ou a coleção completa de bonecas da Shirley Temple ou taças para fazer martínis perto da piscina que não tinha, mas devia comprar. E um cachorrinho inútil. Um chihuahua. Iria chamá-lo de Ralph. E vestiriam, ela e Ralph, trajes de marinheiro e chapéus combinando. Eram essas as coisas que as pessoas com dinheiro faziam. Eram coisas que sua mãe, Sharon, fazia. Jane pensou que devia viajar para Honolulu e colecionar os guarda-chuvinhas coloridos dos drinques que beberia ao lado da piscina, enquanto a mãe, Sharon, leiloaria o jovem mais bronzeado para entregá-lo a ela vestido de marinheiro, igual ao Ralph. Mas não tinha energia para isso, realmente não tinha. E sabia por que não tinha energia para a aberração de Shirley Temple ou para jovens com bundas colecionáveis. Detestava as pessoas com dinheiro. Porém, continuava a produzi-lo porque era a única forma de não pensar nas sombras das coisas nem em sua cabeça com fumaça cinza, congelando no espaço.

Optou pelo traje preto. Era formal demais para ir a uma consulta médica, mas lhe dava um ar de empresária, de alguém que ocupa o tempo fazendo estatísticas e números complexos que ninguém entende, porém todos admiram. Ela amarrou seu cabelo com um laço verde e escolheu brincos dourados que combinavam com a armação de seus óculos. Parecia normal, parecia alguém que não achava que a luz de Manhattan havia esburacado seu cérebro.

III

A secretária olhava para ela de soslaio. Jane estava sentada no canto da sala de espera com um livro que não lia, mas que segurava aberto. Estava muito nervosa e não conseguia pensar com clareza. Acendeu um cigarro. Procurou o cinzeiro. Viu-o na outra ponta da mesa. Era branco, oval, estava vivo. Parou. Preferiu jogar as cinzas em uma planta que estava perto dela, para evitar se aproximar do cinzeiro. Por que havia marcado aquela consulta? A secretária desfrutava de um chiclete imitando o ritmo das vacas, porém era jovem, bela e estava maquiada. Nela, o ritmo era sensual. Jane teria gostado de ser uma empresária com dinheiro capaz de rir de mulheres como aquela. Mas eu sou uma empresária com dinheiro, pensou Jane, só não posso ser um antílope sensual. Essa era a imagem que Jane havia elaborado ao longo dos anos, o protótipo que os homens buscavam nas mulheres. Ser um antílope órfão à disposição de malvados caçadores e, ao ser resgatada por um jovem corajoso de capa azulada, se tornar Betty Boop cantando "Boop-Oop-A-Doop". Jane sempre chegava a esse mesmo dilema. Os antílopes sensuais precisavam de alguém que os sustentasse e os protegesse, mas ela tinha dinheiro o suficiente e estava assegurada contra tudo. Morava em um apartamento de tijolos em Manhattan e tinha um seguro contra cupins. Por outro lado, achava Betty Boop disforme. Tinha macrocefalia. Jane buscara a palavra no dicionário. Uma cabeça desproporcionalmente grande e uma boca demasiado pequena. E aliás, o que significava "Boop-Oop-A-Doop"?

   A vaca sensual atendeu o telefone. Sem se levantar, disse:

— O dr. Wesselmann a espera, faça a gentileza de entrar.

Jane não respondeu. Faça a gentileza? Achou deselegante. Guardou o livro, mas logo pensou e o tirou da bolsa. Com o livro, sentia-se menos nervosa.

O dr. Wesselmann a recebeu com um sorriso.

— Srta. Rosenquist? Um prazer conhecê-la.

— Igualmente.

— Está lendo Faulkner? Um livro magnífico, viu? Um dos meus favoritos.

Jane não conseguiu responder. Em silêncio, sentou-se segurando o livro contra o peito. O vestido seria branco de flores lilás. A igreja seria escolhida por ele, pois era viúvo. Teriam dois meninos, Benjy e Quentin. Depois uma menina, Caddy. Esclareceriam que os nomes das crianças foram escolhidos em homenagem ao livro por conta do qual tinham se apaixonado. As pessoas os contemplariam com admiração. Morariam na periferia de Manhattan em uma casa com um parque grande com piscina, onde Benjy teria uma casinha na árvore, Quentin usaria uma fantasia de caubói e Caddy cavalgaria em um pônei de pelagem preta. Ele lhe ensinaria a jogar golfe, e ela prepararia tortas de morango e limonada nas tardes de calor. Teriam longas discussões sobre o infeliz comportamento de sua mãe, Sharon, e ele diria, sempre a beijando: "É sua mãe, meu amor, você sabe como ela é", e ririam juntos.

— Está se sentindo bem, srta. Rosenquist?

— Sim, estou bem, desculpe.

Ela queria ter mostrado para ele todas as anotações que fizera nas margens do livro de Faulkner, falar de todas as noites que desejou ler para alguém, para ele, parágrafos inteiros, mas ficou em silêncio. Sentiu seu rosto ardendo. Alegrou-se ao lembrar que a camada de maquiagem esconderia a vergonha.

— Qual o motivo da sua consulta?

Benjy, Quentin e Caddy acordariam os dois todos os domingos com chocolate quente e biscoitos assados no dia anterior. Caddy mostraria desenhos, Benjy falaria de novos insetos que havia descoberto no parque e Quentin, com o cabelo despenteado, os escutaria curioso, sorrindo.

— Estou com problemas, acho que de visão.

— A que está se referindo especificamente? Está perdendo a visão?

Ele seria seu confidente, e ao acabar a jornada de trabalho, ela o esperaria com um copo de cerveja gelada, na varanda, e ele perguntaria: "Como foi seu dia, pequena princesa?", e ela contaria as aventuras das crianças, e como a fumaça cinza já havia desaparecido completamente. Ele a abraçaria e diria: "Fico tão feliz, meu bebê, você é meu bebê, sabia?".

— Não, não é exatamente isso. Acontece algo estranho comigo, posso defini-lo assim, talvez. Como algo estranho. Sinto que Manhattan está esburacando meu cérebro, e que as coisas estão vivas.

— Não entendi.

— O que garante que o cinzeiro não esteja vivo? Sinto temor das sombras que as coisas projetam, também. As sombras das coisas impactam meu rosto e deixam pequenos hematomas.

— Aham.

Ele nunca teria falado "Aham", não quando eles tinham três filhos e uma varanda.

— É isso o que está acontecendo comigo. Quando fumo, meu cérebro se enche de uma fumaça cinza, depois imagino como a fumaça se espraia pelos buracos do meu cérebro pra se transformar em cristais opacos que voam pelo ar, se acumulando, até me asfixiar. Isso, e as sombras dos objetos. E a sensação de que estão vivos. Sinto que estou... acabada. E que é algo que não se conserta com umas férias no Havaí.

— Entendi.

Porém não entendia. Jane apertou o livro.

— Já tentou tomar sedativos? Existe uma droga muito efetiva chamada Valium.

— Não necessito de drogas.

— Lógico, é só uma sugestão.

— Sabia que Faulkner escrevia nas caldeiras, porque esse foi um dos seus trabalhos, cuidar de caldeiras, e que foi piloto da Real Força Aérea Britânica, e que fez trabalhos como pintor de telhados e portas, e que foi carteiro na universidade, e que...

— Sim, claro, obviamente. Aqui tem a receita do Valium. Por quaisquer problemas, ligue pra minha secretária e agende uma nova consulta. Um prazer conhecê-la.

Mas não era um prazer com a força suficiente para que Benjy fosse à universidade, para que Quentin viajasse pelo mundo e para que Caddy se tornasse uma caçadora de antílopes.

Jane levantou-se devagar. Pegou a receita e a deixou suspensa na mão. Não sabia o que fazer com ela. Ele a acompanhou até a porta e a despachou com um leve empurrão nas costas.

A secretária entregou o recibo. Fez uma bola com o chiclete, que explodiu em seu rosto. Olhou para o doutor e sorriu. Como ele não estava olhando para ela, apoiou levemente a mão no ombro do dr. Wesselmann e pestanejou, dizendo: Desculpe, doutor. Ele lhe deu um tapa na bunda e mordeu os lábios. Ela riu e piscou um olho. Quando o doutor tinha ido embora, a secretária olhou para Jane e murmurou: Posso ajudar em algo mais? Falou, ruminando o chiclete ao ritmo de "Boop-Oop-A-Doop".

Jane sentiu-se como um cervo ferido, um cervo agonizando em silêncio.

IV

Saiu do consultório, foi direto para o shopping e comprou o maior lava-louças, o mais caro, o mais inútil.

V

"...e todos comentam que a sra. Hamilton foi vista com o sr. Odelmburg. Que descarada essa mulher! Como pode? Acabou de se divorciar. Uma mulher precisa manter os modos, principalmente se é divorciada. Meu marido disse que ela é uma vadia. Uma mulher sem moral." "Olá, Carrie." Carrie pegou os petiscos e os colocou em um prato fundo.

— Lava-louças novo?

— Sim, eu o comprei depois de sair do consultório.

— Que consultório?

— Do dr. Wesselmann.

Carrie engasgou com um petisco. Começou a tossir. Bebeu um pouco de limonada e gritou:

— Ai, meu Deus, Jane! Por que você não ligou pra me contar que foi ao dr. Wesselmann? Ele é tão sedutor, tão atraente. Não é?

Os olhos de Carrie enlouqueceram, ela os abria e fechava sem controle. Depois começou a bater palminhas. As palminhas de Carrie, pensou Jane, eram a versão vertical dos beijos no ar. Jane pensou que a máquina fosse colapsar. Lamentou que não acontecesse.

— E quando vocês vão jantar juntos?

— Nunca.

— Oh, Jane. Sinto muito. Pelo menos você tem seu lava-louças, não é?

— Aham.
— Ele receitou algo pro seu problema de visão?
— Valium.
— Isso não é droga pra...?
— Pra?
— Loucos?
— Pois é.

Carrie se levantou, pegou suas coisas e saiu. Jane jamais imaginou que as máquinas pudessem sentir pânico. Que pena, pensou, não teve beijos no ar.

Foi até a cozinha. Dobrou a receita do Valium e a enfiou em um copo. Depois ligou o lava-louças e pôs ali o copo com a receita.

Buscou os cigarros e se dedicou a observar, extasiada, como se acumulavam no ar uma infinidade de cristais de múltiplas cores.

Terra

A terra me queima. Não está seca. Ela me queima porque faz calor e porque o sol seca a água aos poucos. Embaixo dela está o papai. Meus pés descalços estão sobre a terra que me machuca, estão sobre o papai. Tirei meus sapatos, joguei-os longe. Estava com calor e agora eu não os encontro. Quero que fique de noite para que tudo esfrie e assim eu consiga me deitar perto do papai, embora longe, porque estou mais para cima.

    Ele sempre queria me ter por perto. "Camila, aonde você vai? Venha que estou te chamando." "Já vou, a mãe quer ajuda pra lavar a louça." "Você não vai lavar nem um copo, nada, essas mãos precisam estar sempre como as de uma senhorita. Deixa sua mãe se ocupar sozinha." A mamãe abria a torneira bem forte. A água derrubava os pratos empilhados, mas ela não se importava se as coisas quebrassem.

A mamãe deixou de olhar para mim. Foi assim no início, quando o papai só me queria por perto. Depois do que aconteceu, a mamãe deixou de falar comigo. Ela se sentava em uma cadeira de balanço e permanecia olhando para um ponto fixo na parede. "Mamãe, o que você está olhando?" "Deixa sua mãe em paz, Camila. Venha que o papai quer te mostrar algo." A mamãe ficava quieta, a cadeira ficava quieta. Observava o ponto e parecia que iria desaparecer de tão quieta, de tão pálida que ficava.

Agora quero observar um ponto e balançar, mas não posso, pois o sol machuca minha cabeça e meus olhos doem. Preciso fechá-los, como quando papai entrava em meu quarto.

Ninguém deixa flores neste lugar abandonado. É o Cemitério da Tranqueira Negra, aquele que está bem longe do povoado. Tão longe que a mamãe gastou toda a poupança para alugar uma carroça e dois homens para transportar meu pai ao longo de dois dias. O papai não tem cruz, não tem flores, mas eu fiz uma flor com um pedaço de jornal que encontrei jogado. Betty me ensinou a fazer flores de papel. Pássaros também. Betty vinha tomar chimarrão com a mamãe. Quando eu era menininha, ela trazia balas para mim e sempre desenhávamos com as canetinhas que me deu. Mas depois daquele dia, quando eu passava pela cozinha, Betty, que conversava com minha mãe, ficava calada, as duas ficavam caladas. Um dia, eu disse para minha mãe que estava indo ao mercadinho, mas fiquei e me escondi debaixo da mesa da cozinha. Ninguém podia me ver, pois estava escondida atrás da toalha de mesa. Betty veio logo. "A catarrenta está?" "Não, ela foi ao mercadinho." "O que você vai fazer, Norita?" "Não sei." "Faz quanto tempo que você os viu?" "Um mês." "E eles te viram?" "Não, acho que não." "Vai ser cada vez pior." "Eu sei." "Faça um b.o." "Ele vai me matar." Um longo silêncio se fez, achei que ouvia minha mãe chorando.

O vestido preto me incomoda. A mamãe o vestiu em mim no dia em que papai morreu. Eu não queria vir. A mamãe deixou o vestido preto sobre minha cama e ordenou que o vestisse. Mas não com palavras. Ficou me olhando, parada na porta, até que eu o vesti. A terra vai secando. Ainda está mole. Há formigas e besouros. Matar formigas é minha diversão. Tenho nojo de besouro. Eu me sento, porque já cansei de ficar em pé. Não me importo se o vestido fica sujo, não me importo. As formigas fazem uma fileira que acaba em um buraquinho no solo. Coloco folhas, troncos pequenos, pedras para que elas não possam continuar com a fileira, para que escalem. Algumas ficam perdidas, parece que não entendem, mas logo encontram a fileira e somem no buraco. Papai me obrigava a permanecer em pé por muito tempo. No começo eu reclamava, falava que doía, que não gostava, mas ele olhava para mim sorrindo, tapava minha boca e continuava. As formigas vermelhas me picam, então as mato.

Estou com fome e sede. "Mamãe, estou com sede." Mamãe tirava a jarra de vidro da geladeira e, devagar, servia água para mim. Enquanto o copo enchia, fazia um barulho longo e espirrava em toda a mesa com gotículas. Eu me aproximava e ficava do lado da mesa para que as gotículas caíssem em meu rosto. A mamãe olhava para mim, sorria e secava as gotículas de meu rosto com beijos. Isso era quando eu era bem pequenininha, quando o papai viajava muito, quando quase nunca estava. Depois que ele foi demitido, nunca mais viajou. Um besouro quer escalar meu pé e eu deixo. Depois o arremesso. Queria ter o veneno do jardim que mamãe usa para matar todos os bichos. O sol bate nas asas do besouro e parece que tem muitas cores. Quero que deixe meu pé em paz, mas continua escalando.

Mamãe foi embora com os homens. Deixou-me aqui, no Cemitério da Tranqueira Negra. Fizeram uma cova na terra, enfiaram o papai e o taparam. Mamãe disse para os homens que esperassem na carroça, que a deixassem por um momento a sós comigo. Quando eles estavam longe, a mamãe olhou a terra escura e cuspiu nela. Depois cuspiu em mim. Permaneci parada, sem compreender. A mamãe foi embora. Quis ir atrás dela, mas quando corri até seu lado, ela puxou meu cabelo e me arrastou até o túmulo do papai e me empurrou na terra úmida. Quando consegui me levantar, ela já estava na carroça. Corri, mas não consegui alcançá-la.

Isso aconteceu ontem, e sei que ela não vai voltar. Sei porque, quando papai morreu, eu me escondi debaixo da mesa da cozinha. A mamãe falou para Betty: "Vou levar ele pra bem longe, no Cemitério da Tranqueira Negra". "Por que tão longe?" "Porque não consigo suportar a ideia de ele ficar por perto." "Mas isso é muito caro, Norita. Alugar uma carroça, homens pra ajudar, dois dias de viagem." "Não me importo com isso." "O que você vai fazer com a menina?" Um longo silêncio se fez. "Também não suporto a ideia de ter ela por perto." "Mas é sua filha." "Não mais, não depois do que aconteceu." "Ela não tem culpa." "Tem, sim." "Não entendo, Norita. Ela é vítima." "Não, ela não é não. Ela é perigosa." E depois de ouvir isso não entendi mais nada, como agora, que o sol queima meu corpo e não me deixa respirar. Dois besouros sobem por minha perna, eu os chuto. Não há árvores por perto, só grama. Cubro meus pés com a terra, mergulho meus pés dentro dela para sentir a umidade, para que o sol os deixe de queimar, para os besouros irem embora.

Tudo era melhor quando papai não estava. Quando voltou, eu só queria que me deixasse em paz, como esses bichos que não deixam de me perturbar. A mamãe sabe o que eu fiz, por isso me deixou aqui. Pensa que posso fazer o mesmo com ela, mas eu jamais a machucaria. Só queria estar com ela. Só queria que ela deixasse de chorar. Agora não importa. Boto um braço dentro da terra e permaneço assim, sentindo a umidade, longe do calor do sol. Um dia, no dia em que o papai morreu, ele estava no meu quarto. Pediu um copo de vinho. "Camila, me traz mais vinho. Vai logo que essa garrafa já não tem mais nada." "Vou pedir pra mamãe, porque as garrafas de vinho estão na última estante do armário e eu não alcanço." "Nada, você não vai dizer nada pra sua mãe. Vai subir num banco e vai trazer agora." Fui até a cozinha, aproximei o banco do armário e peguei o vinho. Quando fui pegar o copo, vi que minha mãe tinha esquecido o veneno para os bichos em cima da mesa da cozinha. Coloquei três colheradas e mexi, como se fosse açúcar. Dei o copo e ele tomou de uma golada só. Olhou para mim de modo esquisito, como se soubesse. Apertou a garganta, ficou vermelho, gritou um pouco e caiu no chão. Permaneci em pé, olhando como seu rosto ficava cada vez mais vermelho, cada vez mais inchado. Tremia e parecia que não ia parar. Depois, deixou de se mexer. A mamãe entrou no quarto, sem me olhar. "Você matou ele." "Sim." A mamãe não disse nada. Olhava para o papai e parecia que queria falar algo, mas não tinha palavras. "Eu não queria, mamãe, mas ele me machucava e fazia você chorar." "Cale sua boca e me ajude a levá-lo pra cama." Ajudei a carregá-lo e, assim que ele estava na cama, rompi a chorar. "Cale a boca, catarrenta de bosta. Isso aqui é tudo culpa sua. Você matou meu marido." Não podia parar de chorar, não podia responder. "Agora é ele, amanhã pode ser outro." Não consegui entender, eu só queria que ela me olhasse de novo, que secasse minhas lágrimas com beijos. Não falou mais comigo. Mamãe convenceu o povoado de que meu pai morreu de uma parada cardíaca. Todo mundo acreditou, ninguém perguntou, ninguém desconfiou. Não sei o que terá falado sobre mim. Talvez o povo pense que eu fugi.

Minhas pernas estão dentro da terra, já não as sinto. Meus braços e o resto do corpo estão afundados. Pelo meu rosto andam formigas vermelhas. Não quero matá-las, não posso. O sol já não me incomoda, é quase de noite. Um besouro escala por meu pescoço. As formigas andam por meus olhos em uma fileira que parece que nunca acaba. Não param. A terra continua úmida.

Estou cada vez mais perto do papai.

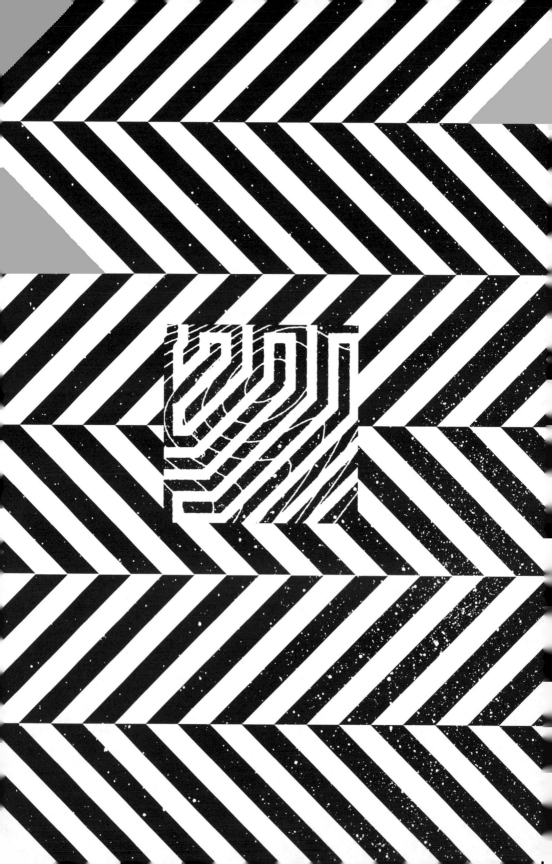

Simetria perfeita

Para Gonzalo Bazterrica

Ele mexeu a peneira. A farinha caiu sobre as gemas. O líquido amarelo se encheu de pontos brancos. Não permitiu que sua mente fizesse analogias óbvias relacionadas à neve e ao frio e à liberdade, concentrou-se no movimento circular da peneira. Os pontos iam cobrindo a superfície amarela com ritmo preciso. Sorriu. Pegou a jarra de vidro e jogou um pouco de leite frio. Enquanto mexia, o amarelo foi se perdendo entre a brancura da farinha e do leite. O líquido espesso cedeu, ficando mais leve. Pensou que o aroma do leite era fraco e se surpreendeu com essa palavra. Pegou a jarra e aproximou-a do nariz. Sentiu o aroma por alguns segundos, mas não conseguiu retê-lo ou descobrir se era doce ou amargo ou uma mistura de ambos. É o frio, pensou, o frio mitiga os odores e os encapsula.

Aproximou-se da geladeira. Lutou para abrir a porta e, por conta do movimento brusco que fez com seu corpo, derramou parte do leite da jarra que segurava com a outra mão. Observou as gotículas brancas no piso preto e achou que distinguia um desenho, um desenho oriental, um dragão. Não era perfeito, mas ali estava, com asas e fogo branco saindo pela boca aberta. Deixou a jarra na geladeira. Naquela noite o matariam.

Tirou três ovos. Precisou empurrar a porta da geladeira com o cotovelo, mas a pressão feita foi insuficiente e a porta se abriu em seguida. Andou até a bancada. Deixou os ovos em um prato fundo. Buscou a manteiga. Achou que a tinha guardado, mas a viu em cima da bancada. Notou que havia marcado a embalagem com os dedos. Estava quente, e o frio da geladeira não a endurecera o suficiente. Achava pouco natural a manteiga estar mole. Sabia que a sensação era ilógica pois, de qualquer forma, o estado natural da manteiga não era outro a não ser mole, porém a consistência gordurosa o incomodava e era difícil de manipular. Precisava dos retângulos pequenos, de corte vertical, calculado, que só podia ser oferecido pela manteiga fria. Voltou até a geladeira e fechou a porta de um golpe só. Buscou o dragão no piso. Por um segundo, acreditou ver uma garra deslizando pelo ralo, mas o dragão já não estava, havia se tornado água suja. Andou até a bancada, pegou os ovos e os enfiou um por um na panela em que fervia água.

Vinte e Sete o marcara. Nunca soube quando nem como, mas sabia que tinha ordenado sua morte. Soube que havia um problema naquela noite em que ninguém o aceitara na mesa. Entendeu tudo quando pararam de falar com ele. Quando os guardas deixaram de insultá-lo, soube que estava perdido.

Despejou manteiga na frigideira quente, fez isso com uma colher. Achou errado usar uma faca, devido à falta de consistência da manteiga. Mexeu a frigideira de modo circular, fazendo com que a manteiga cobrisse toda a superfície. Com outra colher, uma maior, espalhou a massa semilíquida, formada logo depois de misturar a gema, o leite e a farinha. Cobriu a frigideira com a massa, atingindo um círculo branco e perfeito. Esperou e, quando viu a parte superior da massa escurecer, mexeu a frigideira de tal modo que a massa descolou, deu uma volta no ar e caiu de novo na frigideira. Quando ficou pronta, deixou-a em um prato. Pegou a colher e repetiu a manobra com outra dosagem. Quando a massa caiu na frigideira, após um voo sem defeitos, sorriu.

Vinte e Sete era implacável. Desde o dia em que o marcara, começaram a tratá-lo como um desconhecido, como uma coisa sem valor. Que o ignorassem não o incomodava, preferia o silêncio. O que não conseguiu aceitar foi que Vinte e Sete ordenasse a restrição de seu único espaço de bem-estar, de prazer. Não permitindo seu acesso à cozinha, a guerra estava declarada de forma aberta, brutal. Por isso não se surpreendeu quando conseguiu uma transferência para o bloco dos contagiosos. Os guardas sempre concediam um último desejo para aqueles marcados por Vinte e Sete. Era uma regra tácita que todos conheciam e respeitavam. Ele não havia pedido a transferência para escapar, sabia que Vinte e Sete não fazia concessões.

Cortou o presunto, formando um triângulo com um dos lados arredondados para coincidir com a borda circular da massa. A faca estava afiada, facilitando seu trabalho. Devia ter uma faca de plástico, mas o guarda entendeu que não importava; que, chegado o momento, se ele conseguisse matar Vinte e Sete, muitos iriam celebrar, por isso escondeu para ele uma faca afiada. Dispôs os triângulos de presunto sobre a massa. Tirou os ovos da água fervendo e os descascou.

Havia gastado tudo para essa noite. No dia anterior, dera ao guarda três livros para vender, um pouco de grana e os últimos cigarros a fim de que ele comprasse os ingredientes necessários para cozinhar. Queria ter feito outro prato, algo mais sofisticado, porém sabia que havia tido sorte. O guarda tinha pena dele e lhe conseguira algumas coisas básicas, porém suficientes para fazer um prato decente. Com isso posso trazer uma mina barata, algo melhor do que essas porcarias que você pede. Foi o que o guarda disse, assim que ele entregou a lista dos ingredientes. Ele não respondeu. Sabia que nenhuma mulher era barata, e que todos os pratos eram primorosos. O segredo estava nas singularidades que os tornavam únicos. O guarda olhou para ele desconcertado, com nojo, mas lhe trouxe as coisas.

Acreditou ver uma sombra. Esperou alerta por alguns segundos. Nada, não era nada.

Havia pedido a transferência para o bloco dos contagiosos para poder cozinhar. Era necessário fazer isso à noite, enquanto todos dormiam. Precisava fazê-lo com precisão. Queria estar só e dispor de um espaço, da liberdade que o silêncio outorgava. Deixaram-no fazer isso, sem restrições. Precisavam de um resultado. Morto ou vencedor, qualquer uma das opções era válida.

Os triângulos de massa recheados estavam prontos. Colocou-os dentro da frigideira com óleo quente. A transparência do óleo o maravilhava, já que, graças a ela, podia observar detidamente o processo de cocção. O barulho do óleo quente sempre lhe dava a sensação de estar diante de um ser vivo. Mais do que impressioná-lo, o fascinava. Acreditava que o óleo, junto ao fogo, se transformava em um ser, algo que provavelmente nunca morria, apenas aprendia a estar oculto, à espreita. Pegou as folhas de manjericão para lavá-las. Primeiro as cheirou. O aroma o deixava contente. Era um sentimento simples e fugaz. Lembrou-se de que o aroma da canela lhe produzia um efeito parecido. O gosto da canela lhe era indiferente, mas o aroma, o aroma podia mudar sua manhã, seu humor. Abriu a torneira e pôs as folhas uma após outra sob o jato de água fria. Lavou-as com cuidado, observando detidamente a estrutura de cada folha. A cor pura, compacta, da parte superior contrastava com a fragilidade do verde acinzentado da inferior. Perguntou-se se restava nelas algo de vida, como para sentir como eram lavadas lentamente por seus dedos, com atenção. Sob a água, o verde ficou intenso, e ele flertou com a ideia de que sim, de que as folhas podiam sentir.

A morte para Vinte e Sete era um passatempo. Apreciava matar. Vangloriava-se de ser silencioso e de atacar no momento menos esperado, igual à morte real, dizia. O terror sentido pelas vítimas nublava seu entendimento e a lucidez necessária para saber que as táticas de Vinte e Sete eram básicas, primitivas. E o terror que Vinte e Sete cultivava e expandia era o que lhe dava eficácia. Sentia prazer, um prazer infinito quando sabia que era temido pelos outros, quando tentavam escapar, quando lhe ofereciam tudo em troca da absolvição. Ele sabia que Vinte e Sete não havia tolerado sua falta de reação, de súplica, e sabia que, por conta desse motivo, o ataque seria planejado, hermético e feroz.

Queria, nesse momento, abrir um vinho. Sentia saudades de um bom vinho. Um malbec para degustar enquanto cozinhava, um merlot para comer. Gostava de levantar a taça de haste comprida, para sentir a leveza aparente do cristal; observar como a cor vermelha oferecia uma nova visão das coisas, e o aroma transformava o núcleo dos seres. Quando movia a taça devagar, cresciam as formas alongadas, que os especialistas chamavam de pernas, termo que ele se recusava a utilizar. Achava limitado devido à quantidade de universos que tinha descoberto em uma taça. Sentia saudade das dimensões do vinho, dos mundos.

Não tinha um malbec naquela noite, mas se lembrou da safra do ano 95, que havia degustado antes de perder a liberdade. Lembrou-se do sabor anular em sua boca, do tempo detido na madeira suave, da água imóvel nas uvas, do vento seco e complexo definindo o corpo do vinho. Sorriu.

Depositou os triângulos dourados em um prato branco, limpo. Um ao lado do outro, deixando um espaço impoluto de meio centímetro. Ajeitou as folhas de manjericão do lado esquerdo dos triângulos, formando um círculo verde, sólido. Espalhou pimenta preta moída sobre a borda superior do prato.

Ouviu um barulho e instintivamente pegou a faca. Percorreu a cozinha. Nada. Ninguém. Voltou à bancada e concentrou-se no prato. Faltava algo, mais cores. Uma definição. Pensou que, dos ingredientes que restavam, a única cor que podia usar era a amarela. Buscou a faca para cortar um dos ovos e retirar a gema. Não a encontrou.

Ficou quieto. Não se importava em morrer. Fechou os olhos. Lembrou-se da suavidade fresca das folhas de manjericão em seus dedos, imaginou o som da massa crocante sendo cortada, o sabor dos ingredientes mesclados se expandindo em sua boca, acariciando seu olfato, maravilhando-o com as cores.

Não se mexeu quando o pegaram pelas costas e, com uma rapidez silenciosa, cortaram sua garganta. Abriu os olhos e viu como três gotículas de sangue, de seu sangue, caíam de forma simétrica sobre a borda inferior do prato, dando equilíbrio à composição, fazendo com que sua obra fosse única, perfeita.

Caiu de olhos abertos e com algo parecido com um sorriso.

DEZENOVE GARRAS E UM PÁSSARO PRETO

O hálito do lobo

O lobo está inquieto atrás do vidro que o encobre. Ele morde. O ar que o encerra se transforma em uma teia de aranha densa, composta de ínfimas partículas de água leve, nascidas do hálito do lobo que está inquieto atrás do vidro. E ele morde.

Parece um homem vestido de preto parado em uma esquina. Porém é um lobo e vai te devorar. Uma garra escura vai romper o ar molhado, vai lambuzar o vidro até despedaçá-lo. E vai te matar.

Ele te devora com o pensamento, encontra o ponto justo para te degustar. Mede sua respiração, calcula o momento exato para roçar suas veias com os caninos, para te abraçar levemente com a boca.

Você quer deslizar para fora do sonho, do vidro que não te permite ver, para fora do animal transparente e humano. Você não quer ser testemunha da fragilidade dos momentos, da fraqueza da vida, da leveza dos corpos. Mas você intui que cada um de nós é um lobo que, com deliciosa eternidade, devora o outro. E o faz com uma delicadeza tão sutil que as mordidas se derramam, como carícias, na pele que está matando. Deslizam como luzes dentro de gotículas, como gotículas dentro de um vidro, como um vidro onde há um lobo, um lobo que parece um homem em uma esquina.

E vai te matar.

Teicher vs. Nietzsche

Para Mariano Borobio

Teicher acordou com a certeza de que, em algum momento da manhã, tinha de chutar Nietzsche. Estava frenético. O Boca disputaria o jogo decisivo do Torneio Apertura contra o River. Evento que merecia ser festejado com um chute sanguinário. Quando chegou à cozinha, viu-o sentado. Calculou a distância entre seu pé e a cabeça de Nietzsche. Precisava bater bem no meio de seus olhos para deixá-lo aturdido por várias horas, sem que interrompesse o jogo. Concentrou-se pensando no gol do meio de campo de 1979 que Seppaquercia fez cinco segundos após o início do jogo contra Huracán. Quando gritou "Goooooooool, caralho!", Nietzsche olhou de soslaio e driblou magistralmente o pé enlouquecido. De um pulo, pousou perto de seu prato e começou a comer. No processo de chutar Nietzsche, que se estendera de forma desnecessária devido à preparação anterior e à supressiva falha posterior, Teicher não conseguiu manter o equilíbrio e caiu de forma abrupta. A pancada foi tão violenta que ele demorou a reagir e, quando o fez, tomou consciência de que não podia se mexer. Sentiu uma dor lancinante ao longo da coluna. Nietzsche continuou comendo, imutável, sem olhar para ele.

Nietzsche, ao longo da vida, havia recebido uma quantidade extraordinária de apelidos. *Friedrich Wilhelm Nietzsche* em apresentações formais "Apresento-lhes *Friedrich Wilhelm Nietzsche*, estamos orgulhosos dele"; *Friedrich* em momentos neutros "*Friedrich*, não agora, depois"; *Nichi*, em momentos carinhosos "Nichi bonito, que lindeza de bigode, Nichi"; *Nichito Malvado* para dar bronca nele "Nichito Malvado, não coma as plantas"; *Nichi Nuchito*, em momentos de amor insano "Nichi Nuchito, te amo, te amo, te amo". Era essa a série de apelidos que sua ex-mulher repetia, sentindo orgulho de sua inventiva medíocre. Teicher não o chamava de nenhuma forma. Tinham uma relação de conveniência, ignoravam-se mutuamente. Aquele contrato tácito funcionou até o dia em que sua ex-mulher o largou. Depois foi inevitável. *Nietzsche* para as apresentações formais "Esse é Nietzsche, gostou? Leve ele embora, por favor"; *Demente-Esquizofrênico-Desequilibrado* para as raivas "Demente-Esquizofrênico-Desequilibrado, não estrague os livros!"; *Bola Idiota*, para momentos neutros "Bola Idiota, sua existência é inútil"; *Objeto Imprestável*, para os dias de chuva "Objeto Imprestável, bem que você podia ser um guarda-chuva"; *Imundice Sifilítica*, para momentos filosóficos "Imundice Sifilítica, o eterno retorno foi criado para eu te chutar para sempre".

Teicher nunca havia compreendido duas coisas. A primeira, e mais importante, era por que a ex-mulher o abandonara. Não ele, isso não lhe interessava, mas essa coisa animada e peluda. A segunda era decifrar por que ela havia escolhido aquele nome, e não outro digno da mentalidade volátil dela, como "Pelúcia" ou "Bichano". Era impossível que ela percebesse cabalmente a filosofia de Nietzsche para que o nome implicasse uma homenagem. Embora suspeitasse que sua mulher tinha uma sordidez encapsulada, que convivia alegremente com a monumental simplicidade e inutilidade dela. Chamava-se Elisabeth, como a irmã do filósofo. Da imensa riqueza emanada de uma figura como Nietzsche, ter escolhido o aspecto da relação doentia entre Elisabeth e seu irmão, e não o mais leve, o da semelhança com o bigode, produzia nele uma aversão tamanha que pensou em matar o gato e empalhá-lo, e, depois desse processo de regozijo, enviá-lo pelo correio à sua ex-mulher, para que ela, finalmente, praticasse um incesto zoófilo e necrófilo.

Teicher continuava jogado no piso repugnante da cozinha, indefeso. Sua cabeça doía. Ela havia batido na borda da mesa quando caiu. Procurou se mexer, mas não conseguia. Não sentia as pernas. Quis gritar, também chorar, mas não se permitiu fazê-lo. Em contrapartida, tomou uma série de notas mentais: "Contratar uma pessoa para limpar o piso, urgentemente", "Matar Nietzsche", "Levantar os móveis para recuperar os objetos dados por perdidos", "Voltar para a academia, ficar em forma e chutar, com sucesso e para sempre, esse animal nojento". Viu uma barata passando embaixo da geladeira: depois parou no meio da cozinha, mexeu as antenas, subiu na mesa e andou pela cerveja gelada, pelo sanduíche, pelas batatas fritas, até se perder dentro do queijo gorgonzola. Aquele descaramento da barata lhe pareceu um insulto à sua condição de mamífero fanático por futebol e depredador.

Faltavam dez minutos para o início do jogo e, antes do apocalíptico chute voador, já havia feito o ritual. Levantou-se da cama com o pé direito; andou até o banheiro recitando a escalação do jogo; tomou banho usando só a mão direita; cantou os hits da torcida como "O Boca é minha vida, é só alegria, o maior time da Argentina, bate o Racing e as galinhas, bate o Corvo* e foge da polícia, dá-lhe Bo, dá-lhe Bo"; escreveu no espelho embaçado "Vamos, Xeneizes,** caralho!"; vestiu a camiseta regulamentada que comprara quando ganharam a Supercopa de 89; as cuecas e as meias esburacadas que usava em todos os dias de jogo; preparou metodicamente a comida, a que sempre comia, na mesma ordem e com as mesmas proporções; isolou a casa do barulho externo, fechando as persianas e janelas, pois precisava de concentração absoluta, e já havia ligado a televisão no canal correspondente. Não podia, sob hipótese alguma, perder aquele jogo porque essa falta podia provocar um desequilíbrio energético no balanço ritualístico, depurado, ao longo de séculos, pelos torcedores de futebol. Tentou se arrastar, mas qualquer movimento o obrigava a gritar de dor. Os pontos almejados, como o telefone ou a poltrona, estavam a uma distância abismal. Ficou de barriga para cima, olhando o teto.

---

* Galinhas é o nome utilizado para se referir aos torcedores do River Plate, maior rival do Boca Juniors, enquanto Corvo faz referência à torcida do Club Atlético San Lorenzo.
** Nome utilizado para se referir aos torcedores do Boca Juniors, cuja origem vem do gentílico genovês, *zenéixi*, imigrantes que habitavam o bairro da Boca no início do século xx.

Para se acalmar, começou a recitar os Títulos Internacionais: "1977 Copa Libertadores da América, 1978 Copa Libertadores da América, 1978 Copa Intercontinental, 1989 Supercopa da América, 1990 Recopa Sul-Americana...". Nietzsche, que passeava pela casa, resolveu andar sobre o peito de Teicher, evidenciando que não considerava o corpo daquele ser humano como um obstáculo nem reconhecia sua presença. Teicher gritou "Parasita assassino de Deus..." e engasgou. Naquele instante soube que Deus, efetivamente, estava morto, porque nenhum deus, nenhum grupo de deuses, nem sequer um demiurgo qualquer aprovaria tremendo castigo. A evidência de tal afirmação o aterrorizou. Era tal a brutalidade do que estava acontecendo com ele que apenas cabia a possibilidade da existência de um vírus letal, capaz de ter liquidado todas as hordas celestiais, inclusive os doces e pegajosos *putti* alados. Deus estava morto, e sabia que, se o Boca não ganhasse, não haveria muitas oportunidades para que Deus, ou Jesus, ou a Santíssima Trindade ressuscitassem, porque ele se ocuparia de assassiná-los quantas vezes fosse necessário. Nietzsche passou o rabo pelo rosto de Teicher, que resolveu, automaticamente, ignorar isso, aquela coisa desrespeitosa quem nem sequer considerava o detalhe de que, graças à sua infinita misericórdia, ainda não tinha sido exterminado.

Em meio a esses pensamentos, perdeu a consciência. Quando acordou, não sabia onde estava. A pancada tinha desnorteado Teicher de tal forma que ele não conseguia pensar claramente, até ver Nietzsche, perigosamente perto, observando-o fixo com uma espécie de sorriso, como que sentindo um prazer secreto ao vê-lo nessa situação degradante. Olhou o relógio da cozinha e gritou. Faltavam cinco minutos para o jogo acabar. A dor não podia ser um impedimento. Precisava chegar até a sala. Ele nunca havia perdido um só jogo em toda a sua vida.

Pensou em jogadores eminentes como Silvio Marzolini, Rojitas, Antonio Roma, o Leoncito Pescia, o Loco Gatti, Roberto Mouzo e, em honra a esses ilustres, fez o esforço sobre-humano de se arrastar. A dor cortava sua respiração e, para se concentrar, repetia mentalmente: "Boca, te amo, antes de ser galinha eu morro". Quando conseguiu chegar à porta da sala e esticar o pescoço, escutou como Borobio relatava o final do jogo: "Cá estamos na mítica Bombonera, no bairro de La Boca, nada mais, nada menos que no clássico dos clássicos, Boca-River, e estamos chegando ao final do jogo. Um jogo que teve de tudo, dois gols de cada time, gol de cabeça, de pênalti, de fora da área, jogadores expulsos e um clima fantástico. Este jogo, neste estádio, devia estar no topo da lista de eventos desportivos a serem assistidos antes de morrer. Mas, voltando à ação, o jogo está 2 a 2, o Diablo Monserrat domina a bola, ataca o River que quer ganhar nos últimos minutos, vai Monserrat pela direita, dribla Pineda, joga pelo centro, Salas cabeceia e Mono Navarro Montoya defende! Este jogo é para infartar! Mono lança a bola rapidamente, um chute longo até o meio do campo, Yorugua Cedrés pega a bola, Ayala marca e faz falta. Amarelo para Ayala e falta para o Boca. Pode ser a última bola da noite. Estamos com o tempo apertado. Bilardo, técnico do Boca, manda todo mundo para a área. Ali mesmo esperam Tweety Carrario, Cedrés, Guerra, sobe a zaga, La Tota Fabbri e Negro Cáceres vão buscar a cabeçada ganhadora. Agora é o Boca quem quer definir o final do jogo e levar consigo toda a glória, então vai com tudo. O juiz apita, Mauricio Pineda dá o lance, o uruguaio Hugo Romeo Guerra pula entre os zagueiros, cabeceia com a nuca ultrapassando seus marcadores e…". E Nietzsche, que estava deitado no sofá, deu um pulo sobre o controle remoto e desligou a televisão.

Por um instante, Teicher não entendeu o que estava acontecendo. Depois, atônito, sentiu uma dor fulminante no braço esquerdo que se estendeu até o peito. Sabia que esses eram os sintomas de um infarto. Entendeu que iria morrer de raiva, de impotência, de dor, e que nunca saberia o resultado do jogo. Nietzsche passou o rabo por seu rosto e andou filosoficamente até a cozinha.

Antes de morrer, Teicher teve a certeza de duas coisas. A primeira, compreendeu finalmente por que sua etérea e sórdida ex-mulher havia escolhido esse nome de tanto peso para um gato insignificante. A segunda, e mais importante, o motivo pelo qual ela havia abandonado Nietzsche. O eterno retorno garantiria que a ação simples e eficaz de Nietzsche de desligar o controle remoto e, como consequência, ocasionar sua morte (o perfeito homicídio arquitetado por sua ex-mulher), seria repetida uma e outra vez.

Os mortos

Para Pilar Bazterrica

Todos os mortos vão pra Lua. Quando o corpo de um morto fica rígido e frio é porque sabe que pouco a pouco vai virando fumaça, como quando a água está muito quente e toda a fumaça branca se eleva até o teto. Primeiro um dedo, depois o outro, o braço, a cabeça, até ficar todo o corpo preso em algum poço da Lua.

Mamãe nunca soube me explicar o que é aquele pó que fica no caixão. Eu sei o que é. Teve uma vez que eu fui na casa do tio Alberto e comi o pó da tia Camelia. O tio Alberto guardava o pó numa caixa que meu pai falou que se chamava urna. O sabor era ruim e manchava. O tio Alberto disse que não era pra tocar na urna, mas eu não me importei e comi o pó às escondidas. O padre Benito falou, e eu acreditei nele porque é padre e os padres são bons e não dizem mentiras, que estamos condenados ao pó por conta dos nossos pecados. Ele me disse que estar condenado é tipo ir direto pro inferno. Eu acho que o pó é a sujeira da alma, por isso botam o ataúde embaixo da terra, pra que os pecados não machuquem ninguém.

Mamãe está na Lua. Sinto saudades dela. Ela me chama e me diz, quero que você venha porque fico com medo dos mortos. Ela me contou que todos olham algo. Alguns olham, mas é como se não olhassem nada, como se tivessem os olhos cheios de nada, porém outros olham zangados, tão zangados que mamãe chora e me chama. Sinto saudades dela. Quero virar fumaça, mas não estou morto. A voz da mamãe é muito bonita. Às vezes ela canta para mim.

Ontem decidi que irei pra Lua. Vou cortar o dedo e vou enterrá-lo no jardim. Depois vou cortar o outro, a mão, o braço, a cabeça, até todo o meu corpo ficar preso em algum buraco da Lua e assim poder estar com a mamãe.

O papai me bateu. Ele estava procurando a faca de cortar carne e a encontrou no meu quarto. Disse, o que isso está fazendo aqui, e eu disse que a mamãe gritava e que eu precisava ir pra Lua com ela, mas ele bateu na minha boca. Cala a boca, pirralho, o que você está falando. E foi embora. E me deixou trancado. O papai é ruim. O papai me bateu.

Agora assiste à tevê, ele a ligou e está tão alta, mas tão alta que as palavras entram bem dentro do meu corpo. Querem cortar minhas veias. São ruins como o papai. Meu pai é como uma palavra negra e grande que observa. Tenho medo dele. O papai é ruim. Tenho certeza de que ele comeu o pó da tia Camelia e por isso me bateu. Tenho certeza de que o provou às escondidas e por isso agora é tão ruim.

É estranho ainda não ter cortado meu corpo. Nem a cabeça sequer. O tio Alberto e o papai estavam em casa e não tive coragem. Acho que o papai também sente saudades da mamãe, e às vezes chora. Como bebe muito, tem muita água no corpo e chora mais. Quando tem tanta água no corpo, o papai não é uma palavra ruim que dá medo. É como os fantoches da praça que parecem cair o tempo todo, mas não caem porque estão sustentados por linhas que quase nem dá pra ver. O papai não tem linhas e cai de verdade. Às vezes, penso que o papai tinha linhas dentro dele e, quando a mamãe morreu, todas as linhas do papai foram cortadas.

Da outra vez, o papai não estava tão triste nem chorava tanto assim. Veio pra casa sem o tio Alberto e junto com uma senhora. A senhora tinha uma saia parecida com a da minha mãe, de flores coloridas, e o papai lhe fez carinho na cabeça, mas não como faz comigo, fez um carinho diferente, mais lento. Depois subiu até meu quarto. Eu subi antes e deitei de roupa e estava acordado. O papai pensou que eu estava dormindo.

Saí da cama sem fazer barulho, andando como se flutuasse. Na sala, a senhora estava deitada no sofá e seu cabelo loiro estava num travesseiro. O papai a beijou e isso me deu raiva. Eu sabia que tinha de ir dormir porque era tarde, mas eu não tenho culpa de desobedecer. A culpa é toda do tio Alberto. Ele guardou o pó da tia Camelia naquela caixa e eu provei. Agora tenho a sujeira da alma da tia Camelia grudada no corpo, mas por dentro. Quero que vá embora, mas não sei como me limpar por dentro. Um dia, perguntei pro papai o que acontecia se eu tomasse água benta, porque o padre Benito me disse que a água benta limpa as impurezas da alma. Não entendi muito bem isso das impurezas, mas imaginei que a água benta era como cândida, que limpa as coisas que não dá pra ver. O papai me disse, como você vai tomar isso, pare de falar besteira. A tevê estava ligada. Estava alta. Não tinha palavras, só dois policiais correndo que disparavam e gritavam. A sala estava escura, mas com a luz da tevê era possível ver o cabelo loiro da senhora, às vezes parecia preto, porque a luz saía, mas depois, quando a luz voltava, era de novo loiro e longo. Não gostava desse cabelo, era estranho como se mexia no travesseiro, não era como meu cabelo ou o do papai, que é curto e não se mexe. Teve mais disparos e a senhora tirou a saia de flores, igual à da mamãe, e a jogou no chão. Papai não pediu pra ela pegar a saia, como faz quando eu jogo minha roupa. Isso me deu raiva. Depois, o papai tentou tirar a camisa dela, mas ela disse que não. O papai e a senhora pareciam molhados, como quando a gente toma banho, mas não estavam pelados. A senhora estava com a camisa e o papai, com a calça. Havia cheiro do pó da tia Camelia. Parecia que as pernas da senhora queriam machucar a cabeça do papai, mas o papai não gritava. As pernas eram bem longas e brancas, e se mexiam como o cabelo. Não gostei delas, pareciam as patas de um bicho gigante, como aqueles que vejo na tevê. As patas de uma aranha branca. A senhora falava algo pra ele em voz baixa. Não era como a voz da mamãe, era diferente, a voz da mamãe é mais bonita. O papai a beijou mais vezes e a agarrou pelos braços. Depois, o papai começou a se mexer forte, como se tomasse tiros dos policiais da tevê. Uma, duas, três e mais balas no corpo do papai que não parava de se mexer. Quatro, cinco, seis e mais balas nas costas, nas pernas e na cabeça. A aranha começou a chorar. Pensei que tinha começado a chorar porque meu pai estava levando tiros. Mas não, as aranhas não são boas, as aranhas não choram. Depois, o papai permaneceu um tempo quieto e começou a falar coisas para ela. Ela continuava fingindo que chorava, mas eu sabia que era mentira. Depois gritou um pouco e eu pensei que o papai a machucara e fiquei contente. Depois me deu medo, porque pensei que o papai tinha virado uma palavra negra e estava fazendo a senhora chorar de verdade. Não fiquei com medo por ela, pela aranha, fiquei com medo porque sabia que a palavra negra podia me bater. Mas, depois, começaram a rir e se abraçaram. O cobertor caiu no chão. Eu não quis ser bonzinho e agasalhá-los. Sentia nojo daquela aranha.

A mamãe já não canta pra mim. Chora e grita. A mamãe me diz, estou sozinha e quero ser abraçada pelo papai como quando estávamos juntos. Eu já não me lembro do cabelo da mamãe, que não era loiro nem castanho, era mais como a mescla das duas cores. Não consigo me lembrar porque acho que o cabelo é igual à sujeira da alma e que, por conta disso, agora o cabelo da mamãe é pó. Mas a voz e a pele do rosto e os olhos não podem ser pó. Tenho certeza de que ela se evaporou com tudo isso, menos o cabelo, que agora deve ser como terra, mas de uma cor mais bonita.

Eu disse pro papai que a mamãe estava com saudades dele. Tocou na minha cabeça e disse que ela estava com os anjinhos no céu e que estava muito feliz. Não gostei que tocasse na minha cabeça, porque nem olhou pra mim e me despenteou. Então eu disse zangado pra ele, não, a mamãe grita e chora porque está sozinha na Lua e está com frio e quer que você vá. Olhou pra mim com uma cara estranha. Sentou no sofá e começou a beber. Parecia que queria chorar, mas não podia porque precisava beber mais. Olhou uma foto da mamãe que estava na mesa e aí percebi que o papai tem medo de ir pra Lua, estão fui buscar a faca de cortar carne.

DEZENOVE GARRAS E UM PÁSSARO PRETO

Elena-Marie Sandoz

...a horrível imperfeição cotidiana...
THOMAS BERNHARD

Elena-Marie Sandoz havia sido enterrada no cemitério das Cruzes Prateadas. Haviam-na jogado em um túmulo escangalhado e sem nome, destinado aos indesejáveis. Ninguém queria se aproximar do cemitério das Cruzes Prateadas porque os túmulos estavam *bem malconservados*. A razão pela qual os túmulos do cemitério das Cruzes Prateadas estavam *bem malconservados* era insuspeitada, pois todos pagavam a parcela mensal exigida pela Comissão Municipal que administrava a manutenção do cemitério das Cruzes Prateadas. Porém, em minha opinião, existia uma razão inconsciente pela qual ninguém se ocupava *efetivamente* da manutenção dos túmulos do cemitério das Cruzes Prateadas. A razão, que permanecia latente na cabeça de todos, de forma silenciosa e encoberta, era porque os túmulos malconservados provocam terror e muitas pessoas visitam com frequência o cemitério das Cruzes Prateadas para acrescentar, por assim dizer, um pouco de terror à monotonia de suas vidas. As pessoas são capazes fazer qualquer coisa para dissipar a monotonia de suas vidas. São capazes de ir ao cemitério das Cruzes Prateadas e ficar horas diante dos túmulos malconservados, tentando ver se lá dentro algo cresce ou se mexe, mas, assim que a noite se aproxima, as pessoas fogem para se esconder na realidade monótona de suas vidas. Quando enterraram Elena-Marie Sandoz no cemitério das Cruzes Prateadas, não visitei sua tumba temendo que sua imagem, a *única* imagem de Elena-Marie Sandoz que eu tinha na mente, se desfragmentasse e se misturasse com o terror que as pessoas depositam no cemitério das Cruzes Prateadas ao fugirem para se refugiar na monotonia da realidade. Elena-Marie Sandoz não tinha sido minha esposa, nem minha amante, nem minha namorada, nem minha irmã, nem minha mãe, tampouco minha professora. Para mim, havia sido *ninguém* durante muito tempo, até o dia em que assisti ao filme *Olhos de dor* e a vi, um filme que foi projetado duas vezes no Cinema Comunitário do Município. Exibiram *Olhos de dor* somente duas vezes porque ninguém estava interessado em assistir a um filme B com péssimas atuações, uma produção deplorável e um argumento fraco e mal construído. O Cinema Comunitário do Município estava preparado para tirar *Olhos de dor* de cartaz já na primeira exibição porque as pessoas foram se retirando da sala, em silêncio, até quase acabar vazia. Em momento algum estive ciente daquela desaparição gradativa, do vazio que foi tomando conta das poltronas, pois eu tinha ficado *paralisado*. A imagem no telão de Elena-Marie Sandoz havia me *paralisado* e, por esse motivo, eu não tomei consciência de que todas as pessoas haviam se retirado em silêncio, deixando-me só, *paralisado* na poltrona. O Cinema Comunitário do Município queria tirar de cartaz Olhos de dor naquela mesma tarde, mas eu me recusei a deixá-los fazer isso. Ofereci pagar o valor total pela quantidade de trinta ingressos para que não tirassem *Olhos de dor* de cartaz. Era esse o valor total que tinha a imagem de Elena-Marie Sandoz para mim. O Cinema Comunitário do Município exibiu *Olhos de dor* mais uma vez, graças ao que receberam de minha parte, o montante total pela quantidade de trinta ingressos. A aparição de Elena-Marie Sandoz no telão era limitada a uma quantidade de trinta segundos, que contei durante a segunda projeção de *Olhos de dor* e achei natural ter pago a quantidade referente a um ingresso por cada segundo que Elena-Marie Sandoz aparecia no telão. Durante esses trinta segundos, Elena-Marie Sandoz permanecia deitada e *sem se mexer*. Não estava morta ou adormecida. Durante trinta segundos Elena-Marie Sandoz olhava para o espectador, olhava para mim sem pestanejar sequer uma vez, sorrindo. O filme havia sido filmado integralmente em preto e branco, mas isso não me incomodou em absoluto, considero que a multiplicidade de cores leva a uma inevitável distorção da percepção. Por causa disso, percebi que o sorriso em preto e branco de Elena-Marie Sandoz era dirigido à minha pessoa, de forma exclusiva e irrepetível. Não podia ser de outra forma, posto que eu era a única pessoa na sala do Cinema Comunitário do Município durante a segunda exibição de *Olhos de dor*. Foi *inevitável* querer adquirir o filme *Olhos de dor*, querer que ninguém mais acessasse àquela imagem, exceto eu. Achei natural adquirir o filme com facilidade, da mesma forma que achei natural que fosse a *única* cópia. Por ser a *única*, não temi que fosse assistida por outras pessoas. A imagem pura de Elena-Marie Sandoz pertencia a mim, de forma exclusiva e total.

Porém, um *pensamento sinistro* foi tomando forma dentro de meu cérebro. Aquele *pensamento sinistro* se espalhou por meu cérebro, ocupando todos os espaços vazios, oprimindo as bordas de minha cabeça, fazendo com que meu cérebro se inflasse como se estivesse cheio de um ar viciado. Elena-Marie Sandoz estava *viva*, era uma pessoa que, a cada passo, a cada movimento, a cada palavra, degenerava aquela imagem pura de Elena-Marie Sandoz, aquela imagem que me pertencia. Obtive os dados de Elena-Marie Sandoz, como dizem, de forma asséptica, sem nenhum dano colateral que me comprometesse no futuro. Morava no bairro periférico da cidade, destinado aos indesejáveis. Era um bairro degradado e *bem malconservado*, do qual ninguém, efetivamente, se ocupava. Achei natural vê-la sentada em uma espelunca de bar. Dava para ver o corpo inteiro de Elena-Marie Sandoz através da grande janela da espelunca de bar. Estava sozinha e acariciava lentamente uma garrafa de uísque barato. O uísque barato era a única companhia de Elena-Marie Sandoz, a única ferramenta para levar adiante um suicídio interminável e constante. Seu corpo estava inchado de tal forma que era horroroso olhar para ele em sua totalidade. O uísque barato amenizava a perversa realidade em que havia se convertido. A decrepitude da realidade de Elena-Marie Sandoz envenenava meu cérebro, fazendo com que o *pensamento sinistro* apertasse as bordas, quebrando de forma autêntica meu cérebro. A pessoa de Elena-Marie Sandoz não podia continuar viciando a imagem de Elena-Marie Sandoz, imagem que, por outro lado, pertencia a mim. Quando acabou a garrafa suja de uísque barato, ela se levantou e seu ventre se mexeu como se fosse uma teia de aranha viva. Esse movimento repulsivo de seu ventre me aborreceu. Com a luz artificial da rua, vi que seu cabelo era da cor repulsiva das cebolas.

Vestia um casaco de algodão dois tamanhos maior, tornando evidente que o roubara ou o ganhara de alguém, em uma falsa ação de caridade. O casaco era da cor de carne bolorenta. Ela toda soltava um aroma de miséria e cansaço. Fui obrigado por aquela espantosa imperfeição de Elena-Marie Sandoz a acelerar o suicídio interminável e constante no qual ela tinha embarcado para evitar que a penosa realidade de Elena-Marie Sandoz degenerasse a imagem *única* de Elena-Marie Sandoz, que, como já foi comentado, era de posse exclusivamente minha. Nos dias seguintes, Elena-Marie Sandoz recebeu, na espelunca de bar e na pensão em que dormia, uma quantidade total de trinta cartas. A entrega foi planejada de forma *metódica*, evitando consequências prejudiciais no futuro. Nenhuma das cartas estava assinada, e cada uma delas continha uma *única* frase, com exceção da última. Nas cartas decorrentes que foram enviadas a Elena-Marie Sandoz, cada frase era repetida aleatoriamente para que, dentro do estado de contínua perturbação no qual ela vivia, não tivesse dúvidas do *único* propósito que perseguiam. Exceto a última, a última estava em branco. As frases foram pensadas de forma *precisa* para atingir um *único* objetivo: acelerar o suicídio interminável e constante de Elena-Marie Sandoz. Na espelunca de bar, recebeu quinze cartas de uma vez. Observou as quinze cartas sem compreender, como se estivesse diante de um erro grave. Abriu as cartas uma por uma, sem as ler. Deixou os quinze envelopes de um lado e as quinze cartas empilhadas no outro extremo da mesa. Não acariciou a garrafa suja de uísque barato, observou-a com insistência, ignorando as quinze cartas empilhadas. Sua respiração alterada, acompanhada pelo olhar insistente, fazia com que seu ventre se mexesse devagar, conseguindo que a teia de aranha recuperasse o movimento depois de uma ausência involuntária. Bebeu dois goles de uma só vez para juntar coragem e dissipar o erro de ter recebido as quinze cartas ou para aceitar o peso de saber que sua existência corrupta estava sendo reconhecida. Elena-Marie Sandoz pegou as quinze cartas com dificuldade, quase dolorida. Leu: "Escrevo apenas para não matá-la"; "Você, Elena-Marie Sandoz, devia pôr fim à espantosa imperfeição cotidiana que é sua vida"; "Ninguém se lembrará de você"; "Você, Elena-Marie Sandoz, ofusca o mundo". Não reagiu de imediato porque o uísque barato acumulado em seu sangue a impedia de raciocinar com fluidez. Porém, quando raciocinou, se levantou com dificuldade para olhar, de um *jeito paranoico*, as pessoas que estavam na espelunca de bar, as pessoas da rua e dos prédios. Mas não enxergava, apenas olhava através da névoa do álcool e, por conta disso, não me viu sentado perto de sua mesa. Quando se sentou, rasgou cada uma das quinze cartas de maneira desapaixonada, com resignação, como se soubesse, desde sempre, que estava destinada a recebê-las, e que o erro do início havia se tornado um acerto. No dia seguinte, recebeu catorze cartas com as mesmas frases escritas aleatoriamente. Dessa vez, não as abriu. Quando acabou de beber o uísque barato, guardou as cartas no bolso do casaco cor de carne bolorenta e saiu em direção à pensão. Então, enviei para ela a última carta, a carta em branco, para atingir o *único* objetivo de concretizar o suicídio interminável e constante de Elena-Marie Sandoz. No dia seguinte, achei natural ver uma multidão aglomerada na porta da pensão, observando fascinada como levavam o corpo de Elena-Marie Sandoz em um saco preto de plástico. As pessoas têm o costume de parar para observar fascinadas as pequenas consequências da morte, pois isso acrescenta, por assim dizer, um pouco de terror à monotonia de suas vidas. A imagem *única* de Elena-Marie Sandoz pertencia a mim, como se costuma dizer, de forma exclusiva. A realidade pestilenta que era Elena-Marie Sandoz já não existia. No entanto, um *pensamento recorrente* se estendeu por minha cabeça mortificada. Seria ela no saco preto de plástico? Seria ela no cemitério das Cruzes Prateadas? Precisava garantir, com certeza absoluta, que Elena-Marie Sandoz *efetivamente* tinha falecido e nunca mais voltaria àquela espelunca de bar. A penosa realidade de Elena-Marie Sandoz não podia degenerar a imagem *única* de Elena-Marie Sandoz, imagem que, como se costuma dizer, era de posse exclusivamente minha. Nos dias subsequentes, sentei-me na mesa que ela tinha ocupado. Minha cabeça, *bem malconservada*, produto do *pensamento recorrente*, ia se desfigurando com o correr dos dias. A imagem *única* de Elena-Marie Sandoz perdia consistência dentro de meu cérebro indesejável, propagando a sinistra fragmentação da imagem para todo o meu corpo, para todo o meu entorno. O uísque barato amenizava a realidade perversa na qual eu estava me convertendo. Depois de passado um mês do possível falecimento de Elena-Marie Sandoz, e estando eu na espelunca de bar, consumindo minha garrafa de uísque barato, recebi quinze cartas. Bebi dois goles de uma vez só para juntar coragem e dissipar o erro de ter recebido quinze cartas ou para aceitar o peso de saber que minha existência estava sendo reconhecida. A primeira frase que li foi: "Escrevo apenas para não matá-lo". De um *jeito paranoico*, me levantei e olhei para as pessoas na espelunca de boteco, para as pessoas da rua e dos prédios. Mas não as enxergava, mal olhava através da névoa do álcool e, por conta disso, não vi a mim mesmo sentado em minha mesa, a mesa na qual compreendi a concretização de meu suicídio interminável.

A lentidão do prazer

Sentada. Pés juntos, mãos sobre o banco de madeira. Sozinha. Costas contra o espaldar, saia solta até os joelhos, camisa transparente, olhos em silêncio. Quieta. Boca entreaberta, respiração lenta, cabelo tocando o bico dos seios, lábios que mal se movem e acariciam o ar com vibrações pequenas como a de duas asas caindo juntas, uma sobre a outra.

As pessoas passam, mas não estão. Estão os corpos, a roupa, os cheiros misturados com palavras feitas de nada, de vidros quebrados, de instantes mortos, despedaçados, as respirações entrecortadas, o murmúrio escuro, ridículo, plano. Ela, imóvel, observa um quadro.

Há uma mulher sentada sobre um bote de madeira preta, segurando uma corrente à qual se encontra presa. Há juncos na água capazes de machucar sua pele, de penetrá-la como agulhas de gelo. Na ponta do bote escuro, há uma lâmpada pendurada e há velas sendo consumidas, se apagando. Há um rio, água parada que parece desejar congelar o mundo, detê-lo para sempre naquele momento, naquele instante perfeito. Há pássaros diminutos, que mal se nota, parados sobre os juncos, sobre os espinhos afiados que machucam o extremo da paisagem, onde não há sangue.

A mulher vai morrer e sabe disso. Não chora. Está com um vestido branco que, aparentemente, a protege do frio, mas não é assim. Está sentada sobre uma manta que roça a água, que já está molhada, que não a protege. As árvores dormem, mas ouvem os olhos da mulher se fechando, sentem o cheiro da dor luminosa do cabelo caindo até a cintura, sentem os lábios, a maciez do medo, da boca entreaberta. O frio detém os sons, reduzindo-os a uma quietude semelhante a uma lamúria deformada, muda. Quer matá-los lentamente, dando-lhes prazer. Quer que a mulher desapareça entre as carícias pungentes, quer despedaçá-la com a lentidão que só a morte permite.

E ela, sentada, sozinha, quieta, é a mulher, quer ser a mulher. Precisa estar no bote, sentir o aço gélido da corrente, o peso do vestido branco que não aquece. Estar dentro da pele transparente, pura. Ser a mulher. Estar coberta pelo silêncio, pelos sussurros brandos do frio que a envolvem, pelo ritmo imóvel da água cortando sua respiração. Aperta as bordas do banco de madeira e treme, apenas. É a mulher, sentada sobre a manta bordada, quer ser ela.

Sente a morte, pode tocar em suas pálpebras. Sabe que a quietude é capaz de matá-la porque agora é ela quem respira a maciez das árvores. Deixar-se levar, cair no pulso interminável do silêncio.

O bote preto parece não se mover, parece estar preso entre os juncos e ela, no banco de madeira clara, entende que a quietude não é a morte, nem o silêncio, nem o frio, nem a mulher.

É parte da respiração da paisagem, está dentro dela da mesma forma que está dentro do quadro, dos pássaros gélidos, dos juncos imóveis, da água preta.

    Então quieta, sozinha e leve, deixa-se cair, e o sangue, as veias se diluem em pequenos fragmentos; sua boca entreaberta; suas unhas cravadas no banco de madeira; seus olhos sem deixar de olhar para a mulher, para o quadro; o cabelo cobrindo seus lábios molhados, brilhantes que se movem com ritmo lânguido, preciso, suave, como o ritmo do bote preto; toda a sua pele vibrando de forma imperceptível, quase inadvertida; sua respiração se detém, por momentos, como se detém a respiração da mulher que nunca termina de morrer; suas pernas abertas, suas mãos aferradas no banco, deixando marcas, despedaçando, apenas, a madeira clara; e não há sons, como no quadro, só está ela em uma dimensão muito próxima das bordas do ar, onde a respiração é só uma, muito perto da queda. Sua pele, agora, é transparente como a pele da mulher que desaparece, derramando-se nas pulsações cheias de silêncio que nascem da água gélida, da quietude dos pássaros, dos juncos pretos, do olhar dela que está sozinha. Com o tremor de suas pernas, a saia solta se enruga e ela sente que não a protege, como o vestido branco que está molhado. A vibração pequena dos pássaros roça a mão que segura a corrente, a mão aferrada no banco em que suas unhas machucam a madeira clara. Sente o limite da paisagem, do mundo, percebe-o suspenso no ar, nos juncos que mal são vistos, na água com espinhos, no banco em que está sentada quieta.

    Não fala, ainda que pareça falar com o corpo, estremecendo com a lentidão que só o prazer permite, sem se deter jamais, como em um rio, dentro de um bote.

Sem lágrimas

Para Nora Gómez

Eu a vi pela primeira vez no velório da sra. Lombardi. Ela era miudinha como uma pétala de uma rosa de brinquedo, tão delicada e branca dentro daqueles terninhos pretos que parecem feitos para uma boneca de pano, uma boneca perfeita e rota. Não parecia uma mulher, parecia uma ave, um daqueles pássaros que perderam penas e a vontade de voar, um daqueles pássaros pelos quais é possível sentir uma estranha mescla de compaixão e repugnância. Uma águia sem asas. Tinha um perfil agudo, afiado, uma espécie de rosto de Platão, mas sem o halo brilhante de inteligência que se espera encontrar em semelhante face. Um Platão sem substância nem personalidade. Às vezes acho que tinha, sim, personalidade, mas eu não percebia, ou talvez sua personalidade se diluísse em meio àquela poça de burrice que ia crescendo ao seu redor. Mas essa era a imagem que ela queria mostrar e encaixava perfeitamente com seu sorriso de porcelana antiga, de pardal morrendo de frio, de flor de lótus diminuta se afundando devagar no mais repugnante lamaçal. Tinha olhos de gato imundo, infértil e solitário. Seu cabelo chovia em seu rosto, era água suja e pálida, água que desbota, que estilhaça olhares. Ela era perigosa.

Em um primeiro momento, antes de saber que ela queria me desafiar, que esperava a guerra, no instante em que a vi sozinha, em pé, perto de um buquê de lírios de água, senti curiosidade e uma pulsão leve porque meu corpo, principalmente toda a minha pele, queriam corroborar a lei que prega que um objeto frágil e delicado pode ser quebrado em milhares de pedaços introduzindo um elemento pungente, repetidas vezes e com ritmo que pode desacelerar ou ser mais veloz, mas nunca, jamais pode parar e que, nesse ato mecânico, preciso como aquele feito por um relógio, pode ser sentida uma dor muito parecida com o prazer, mas repleto de sangue e de fluidos menos nobres. Quando me aproximei dela e perguntei qual era sua relação com a defunta, soube que mentia, que era uma caloura, uma ave estúpida que estava ocupando um lugar inventado, que não lhe pertencia. Porém, não dei importância pois me considero uma pessoa do bem, pacífica; seria correto falar e podia aceitar que, de vez em quando, outro fizesse a tentativa, brincasse com a possibilidade de roubar de mim a única coisa que minha família tem de distinta, a única tradição que todos nós que a integramos cumprimos sem hesitar, com orgulho e solenidade.

Meu nome é Juan de Tartáz. O primeiro Tartáz que pisou nestas terras na época da colônia foi o fundador do legado familiar. Seu nome era José de Tartáz. Passava as horas livres assistindo a velórios. Não tinha interesse pelo morto, seu único objetivo era evitar lágrimas. Não as tolerava sob nenhuma circunstância. No livro que ele deixou como Manifesto Integral de seus feitos mais nobres, *Velório, família e Tartáz*, explica que nunca derramou uma lágrima. Jamais. Meu pai, Joaquín de Tartáz, lia para mim o Manifesto dos Tartáz todas as noites durante o jantar, e, dessa forma, aprendi a arte de fazer rir àqueles que não conseguem parar de chorar. Claro que meu pai me treinou para evitar as lágrimas. As minhas e as alheias. Ambos sentíamos orgulho de nunca ter chorado. Jamais. Suas últimas palavras quando ele morreu foram: "Não abandone a tradição familiar e nunca chore. Nunca". Foi esse seu último desejo.

Nossa arte, senhores, é uma arte, um trabalho de ourives, uma obra que, se couber uma comparação, me permito pôr ao lado de *Os portões do Paraíso*, de Ghiberti, que enaltecem o batistério de Florência. Porque nosso trabalho é dessa categoria, um trabalho superior e, dentro do círculo familiar, somos respeitados e admirados por nosso nível, pelo compromisso que assumimos a todo momento. Como primeira medida, é preciso garantir que os familiares do morto não se questionem sobre o que faz um perfeito desconhecido contando piadas no velório do ente querido. Porém, também é necessário saber quando é o momento para começar, é necessário aprender a ler no ar, nos rostos. Depois, é preciso escolher o repertório adequado, pois os públicos são variados, assim como as reações. Só uma vez na vida, em minha juventude, tive de fugir sob uma chuva de terços, bíblias e lírios. Lógico que eu não tinha como saber que o morto havia se jogado do nono andar quando contei a piada do homem que queria voar. Mas, principalmente, há de se aprender a conter a repulsão pelas lágrimas, a vontade de regurgitar quando vemos esse líquido transparente rastejando pelos rostos, molhando a comida, misturando-se com fumaça de cigarros e com lenços sujos, úmidos, enfiando-se na boca como milhares de vermes brancos, percorrendo as mãos, mesclando-se a mechas de cabelo, descansando nas unhas, devorando os olhos, embaçando olhares, transpassando toda a pele e deixando uma mancha permanente, que não dá para ver, uma mancha que vai crescendo dentro das veias, sujando o sangue, tingindo-a de tristeza, de morte. Quiçá isso seja o mais difícil.

Vi a águia despenada pela segunda vez no velório do dr. Ezcurra. Automaticamente, resolvi ignorá-la, esquecer-me de sua presença, da sombra alada que projetava seu corpinho mole, de boneca de lamaçal. Dediquei-me a conquistar meu público, a consumar a tradição, a honorária vocação familiar, de moldar sorrisos, esculpi-los, lavrá-los como fez Donatello com os relevos do altar de Pádua. Havia conseguido deter o choro e considerei que era o momento de fazer com que as pessoas sorrissem para concluir com risadas e aplausos, mas nunca, e quanto a isso sou bem cuidadoso, nunca com gargalhadas, pois estas podem acabar no choro. Ela me observava fixamente, sem pestanejar, como se pensasse, como se realmente estivesse pensando. Parei por um instante para observar seu rosto e notei, vi com clareza que agora era uma águia majestosa planando pelo quarto, calculando o momento para atacar. Não compreendi, contudo, como era possível que, dentro de sua ilimitada debilidade, se ocultasse uma inteligência capaz de determinar o momento em que iria começar a estragar minha vida. Mas foi só um segundo, uma minúscula fração de tempo. Depois voltou para sua postura natural de pardal desnutrido.

Por isso, no dia em que a vi de novo, no velório do licenciado Anchorena, que foi à tarde, e no velório da sra. Viel Temperley, que foi na noite desse mesmo dia, aquilo que, de início, tinha sido uma simples curiosidade, um incômodo quase metafísico, começou a tomar forma de ódio puro, reluzente, íntegro.

Observei-a olhando as pessoas com cara de pomba branca, de boneca de coleção, porém era evidente que não as enxergava. Falei com ela. A senhora, novamente. É estranho se encontrar com a mesma pessoa em velórios completamente diferentes. Parece que está virando um costume para a senhora. Olhou para mim com os olhos desbotados, cheios de névoa, e senti que a águia majestosa roçava meu ombro e logo depois consegui ver como o líquido, a água da tristeza, escorria por sua bochecha. Venho para chorar e não gosto de chorar sozinha. Eu não me importo com o morto, apenas quero me sentir acompanhada em minha dor e o senhor não está me permitindo fazer isso com aquelas suas piadas imbecis. Nesta cidade miserável não há tantas mortes como caberia a qualquer cidade que tenha respeito por si mesma, portanto, deixe a mim e aos meus velórios em paz.

A primeira imagem que tive foi a de uma fossa grande onde descansavam felizes seus ossinhos de mármore, de pedra rachada. Pousei lentamente sua mão branca sobre a minha e a acariciei devagar. Toquei a pele de ar e olhei para ela bem no centro de seus olhos pretos, olhos de gato de terreno baldio. Se você não for embora, a última coisa que vai ver em sua vida será minha cara de alegria enquanto aperto, com minhas mãos, seu pescoço de passarolo de circo. Imediatamente, sem deixar de olhar para mim, rompeu em um pranto violento. Milhares de lágrimas como abelhas transparentes, como serpentes salgadas, como escorpiões de

Sem lágrimas

água, como aranhas molhadas, colidiram em meu rosto, em minha roupa, em meus olhos, e não pude fazer mais que correr, escapar e, enquanto fugia, enquanto buscava desesperadamente a porta de saída, vi que a águia olhava para mim, sorrindo.

Minhas opções, a partir daquele dia trágico, não eram muitas. Matá-la era a alternativa mais gratificante, porém manchar a honra familiar com um assassinato, ainda que plenamente justificado, devo esclarecer, era impensável. Enfrentá-la e exigir dela uma retirada silenciosa de minha vida, de meus velórios, era perigoso, inimaginável. Não podia suportar, sob nenhuma circunstância, outro ataque, outro encontro com seus olhos de água. Desaparecer vencido e frequentar velórios em cidades menores era um absurdo, era um claro sinônimo de traição à família, de suicídio, uma forma brutal de pisotear a memória dos Tartáz. Optei pela via da cautela, pela filosofia do caçador que simplesmente observa e espera, espera o momento justo para disparar e logo, com paciência, apanha a águia que acaba de matar com um disparo no meio dos olhos.

Encontrei-a no velório da sra. Rosales. Estava sentada, rodeada de mulheres que insistiam em acompanhar o ritmo entrecortado da respiração, secando seus olhos em uníssono, trançando as mãos como se pudessem chorar com elas. As cabeças juntas, os vestidos pretos formando um círculo macabro, extremamente patético a ponto de se assemelhar a um grupo de abutres, de aves de rapina, representando um ato lamentável, artificial, penosamente infeliz. Sentei-me em uma poltrona afastada e esperei. Tive, sim, o impulso descabido e pouco cavalheiresco de me aproximar e, ali mesmo, tirar uma arma e matá-la com um só disparo na testa, ou dois, um em cada olho. Estava concentrado me deleitando com a imagem de seu rostinho esburacado, com os olhos cheios de pólvora, quando vi que o pássaro me observava. Estava surpresa, apenas abria a boca, com as sobrancelhas levantadas. Olhei fixamente para ela, transpassando a névoa, o mar desbotado e sujo. Observei-a por um longo momento, lento, assentando minha posição de caçador, tornando-a uma vítima, uma águia temerosa, uma águia sem asas. Milhares de insetos transparentes começaram a rastejar de seus olhos e, enquanto chorava, me olhava sem sequer pestanejar. Era o desafio, a guerra, pois enquanto levava adiante a farsa, a representação deplorável de uma dor falsa, debaixo da chuva desbotada eu podia claramente ver um sorriso. Os abutres gosmentos estavam mimetizados com a águia real e, quando ela aumentava o volume de água, os outros tentavam fazer o mesmo. Haviam transformado a sala em um santuário inteiramente dedicado à dor, e ela era a principal responsável. No entanto, tive de reconhecer que era um espetáculo fascinante. Pareciam juncos pretos se movendo ao ritmo do vento em meio a um temporal. Pareciam animais, uma matilha de cães solitários tremendo sob os clarões gélidos das nuvens. Pareciam um relevo de bronze preto, gasto, que tinha vida própria, mas que na verdade estava morto.

Estava concentrado nesses pensamentos quando percebi que o pássaro de água olhava para mim. Senti seus olhos pálidos mordendo minha pele, gritando. No início, demorei a compreender, mas logo notei, vi claramente que ela olhava desesperada para mim. Os abutres haviam reduzido a intensidade das queixas e lágrimas e compreendi perfeitamente que ela estava seca. Seus olhos se mexiam consternados buscando ajuda. Soube que ela via a si mesma repetida até a exaustão, em cada uma das mulheres. Soube que aquele era seu pequeno inferno, seu tormento privado porque não tinha com que chorar, porque estava mais vazia do que nunca e suas asas, finalmente, haviam se diluído na tristeza. Ela precisava de mim. Ela queria que eu interrompesse os abutres, que apagasse as lágrimas que ela já não tinha.

Permaneci sentado, sabendo que não faria nada para ajudá-la. Observei-a sem sequer pestanejar. Seu corpinho de boneca abandonada, de brinquedo de lama, tremia um pouco, e a névoa de seus olhos começava a se dissipar. Estava se queimando com o fogo transparente das lágrimas alheias e, enquanto isso, se afundava um pouco mais no lamaçal, na poça de burrice e desgraça que começava a se formar embaixo de seus sapatinhos de flor de lótus.

Sorri para ela, quando me dispunha a me aproximar e dizer em seu ouvido que tudo tinha acabado, que era o momento de uma retirada silenciosa e definitiva, quando me dispunha a apanhar minha presa como faz um bom caçador, senti que voava por aquele calvário de sofredores de asas majestosas e que ela era um rato enlameado, morto de frio e à beira da loucura. Meu voo era pleno, absoluto, porque preenchia tudo, inclusive ela, e aquilo me proporcionava um prazer que não tinha forma pois abarcava todas, nem tinha palavras pois todas estavam dentro dele. Por isso nunca compreendi por que, naquele mesmo instante, no momento de meu voo solene de águia real, uma lágrima, um maldito bicho de água, o sinal abominável do fracasso familiar, rolou levemente de meu olho esquerdo.

A contínua igualdade da circunferência

Um círculo. Isso é o que Ada gostaria de ser. Não tem interesse em sustentar ideias abstratas em sua mente. Quer ser isso. Não tem pretensões de se imaginar como um círculo irreal, hipotético. Quer fazer parte disso. Precisa que seu corpo atinja a forma infinita e arredondada dos círculos. Todos os meus extremos deverão convergir em um mesmo ponto, reflete. Escreve isso em uma folha. Não é qualquer folha, retirada de um caderno aleatório. É uma folha da qual ela recortou todas as bordas. É um círculo de papel.

Compreende que, por definição, um círculo é plano. Sabe que se tornar um círculo com volume, uma esfera viva, é uma conquista inigualável. No entanto, utilizar a palavra esfera para se definir é inaceitável para ela. Desconfia do som azedo que emite quando pensa nessa palavra, quando a escreve. O som a paralisa, a transtorna. Desconsidera a palavra esfera, cospe-a, joga-a fora e a esquece. Adota a palavra círculo, pois é isso que ela quer ser.

Idealiza o plano que vai levar adiante, um plano para que sua pele seja a circunferência do círculo. Prontifica-se para concretizar, em carne e osso, a afirmação de que um círculo é a forma geométrica mais perfeita. Porque Ada quer ser isto: bela, eterna e perfeita. Quer ser a morada divina onde habita o sagrado.

Santo Agostinho já disse, e ela sempre venerou os santos: *belíssimo é o círculo, no qual nenhum ângulo rompe a igualdade contínua da circunferência. Excelente em todos os seus pontos, indivisível, centro, princípio e fim de si mesmo, gonzo gerado das mais belas das figuras: o círculo.*

Ada não precisa reler as palavras de Santo Agostinho, nem sequer escrevê-las. Ela as repete todas as manhãs e todas as noites, como que proferindo uma prece que nunca acaba, que sempre volta ao ponto de partida. Quer, através do pensamento e da ação, acabar com sua realidade infame, equilibrando-a com uma verdade matemática, densa, inquebrantável. Uma verdade contundente. Depurar o provisório e incerto para buscar o duradouro, aquilo que constitui uma certeza, uma plenitude. Lograr que seu corpo circular seja o único refúgio.

Fora do espaço da certeza, fora do círculo, acumula-se o vulgar. Ada tem pavor do vulgar porque é ali que a miséria se esconde. Sabe que a miséria é destrutiva, portanto efêmera.

Para ela, os animais, as coisas e as pessoas são difíceis de suportar. Acha que são entes prosaicos, sem brilho. Ela os tolera porque intui que vão desaparecer em algum momento, não agora. Algum dia, talvez, todos se esfumarão, todas as formas irregulares desaparecerão para sempre e ao mesmo tempo. Exceto ela. Ela vai permanecer pois, graças à sua circularidade, será inextinguível.

Como se tornar um círculo?, pergunta a si mesma. Um círculo não tem extremidades, conclui. Concebe um plano para cortar seus braços e pernas. Porém, reflete, a cabeça é uma extremidade que impede meu corpo de ser um círculo perfeito. Cortar a cabeça é uma burrice, pois então seria um círculo morto, e Ada não tem interesse nisso. Resolve que pode conviver com o fato de ser dois círculos. Melhor, avalia, dupla perfeição.

Observa seu corpo. Antes de cortar suas extremidades, precisa aumentar o peso. Ser um grande retângulo é uma vergonha. Sou um retângulo deformado, grita. Necessita conseguir se intumescer, chegar à forma de um balão. A pele tem de se esticar até o ponto de ser uma grande bola de carne e gordura. Imagina a si mesma como um disco rosa e fica contente.

Escolhe o regime perfeito para seu propósito. Toma consciência, com certo desânimo, de que engordar é tanto ou mais difícil do que emagrecer. Não consegue compreender. Seu corpo continua tendo a forma inexata de uma tábua retangular. Determina que o movimento não lhe permite alcançar seu propósito. Se movimento meu corpo, queimo gorduras e isso não me permite atingir meu objetivo. Chega à conclusão de que o sofá é um bom lugar para se tornar um círculo e, para controlar a evolução de seu corpo, coloca o espelho de tal forma que consegue se ver refletida por completo.

Sentada e enfurecida, percebe como persiste a trave quadrangular que é seu corpo. É plana, ridícula e plana, uma combinação errada que ela é incapaz de aceitar. Determina que, além do repouso absoluto, terá de mudar o regime e comer alimentos redondos. A forma, por simpatia, afetará minha estrutura interna e isso vai me ajudar a me tornar um círculo, especula. Não pode mastigar os alimentos, pois perderiam a pureza essencial.

Senta-se no sofá rodeada de pratos com uvas, ameixas pequenas, balas e bolachas em forma de bola. Engole. Por um instante, sente que engasga, mas relaxa e a ameixa desce intacta pelo sistema digestivo.

Ada percebe como seu corpo vai adotando a forma de um balão e parabeniza a si mesma.

Estabelece que é o momento de cortar suas pernas e, logo, seus braços. Anexos inoperantes que atrapalham seu objetivo final. Depois de fazer estudos prévios de anatomia e idealizar um sistema de roldanas e linhas cortantes para conseguir seccionar suas pernas e braços sem necessitar de ajuda, decide executar seu plano. A perfeição tem seu preço, afirma. Apesar da dor e do sangue, Ada fica contente.

Em seguida, Ada toma consciência de um fato fundamental. Sem as extremidades, não conseguirá se alimentar e perderá sua forma circular.

Ada observa o abismo que o sofá agora representa e decide saltar. Não existe o sacrifício quando se pretende ser inextinguível, repete enquanto pousa sobre um prato com uvas. Sob o peso de seu corpo, o prato se quebra, e os vidros se encravam em sua pele, na circunferência viva que Ada é.

Apesar da dor e do sangue, repara que as bolachas estão perto. As uvas já não cumprem o quesito fundamental de serem redondas, pois agora são uma massa mole e sem forma, portanto são inúteis. Rola pelo chão até chegar ao alimento, porém seu braço direito, jogado e inerte, impede seu passo. Tenta contorná-lo, mas a circularidade de seu corpo obriga Ada a voltar, invariavelmente, até o ponto de partida. Resolve tentar em outra direção. Descobre uma bolacha bem perto de uma de suas pernas. A bolacha está em uma poça de sangue, porém, como ainda mantém a forma anular, decide comê-la. Ada ignora os vidros afundando em sua pele e rola para o lado contrário. Pensa que a dor também é circular e sorri. Gira até sentir um obstáculo. É seu braço esquerdo que a impede de continuar.

    Enquanto planeja como ultrapassar o braço, identifica uma uva perto de sua boca. Estica a língua e a devora. A uva fica presa na garganta de Ada que, enquanto se sufoca, pensa que tudo foi em vão. O espelho está longe demais para admirar a perfeição na qual se converteu.

DEZENOVE GARRAS E UM PÁSSARO PRETO

Um buraco esconde uma casa

Há uma hora da tarde em que a planície está por dizer alguma coisa; jamais a diz ou talvez a diga infinitamente e não a entendemos, ou a entendemos, mas é intraduzível como uma música...
JORGE LUIS BORGES

A mulher esquenta água e ajeita o fogo. Faz calor. Precisa finalizar tudo antes de o Patrão voltar do mato. Hoje é seu último dia de trabalho para aquele homem e hoje ele vai lhe pagar a ninharia correspondente a dois dias de trabalho. Ela não trabalha ali pela grana, faz aquilo pela garota que está no quarto. O Patrão a tirou de seu pai e agora a mantém como amante e cozinheira, como esposa e criada, como prostituta e lavadeira. Ela tem quinze anos.

Não sabe qual é o nome dela. O Patrão lhe disse "Cuide da garota" e saiu, e a única coisa que a garota faz é olhar através de um buraco que há no telhado do quarto, deitada na cama. Já não está em estado grave, mas ontem quase morreu. A mulher se senta e engole um pedaço de pão duro. Agora precisa preparar o ensopado, varrer a sujeira e amassar o pão. Tem que alimentar os animais, lavar a roupa e secar a erva-mate no sol.

A mulher procura no lixo algum papel, algum pedaço de papelão para tapar o buraco. Cada vez que entra no quarto da garota, sente um frio seco nas costas. Não está certo que alguém doente tenha que descansar com o telhado quebrado, por onde entram bichos e um vento gelado, esquisito nessa época do ano. Não há nada, sequer um pedaço de pano.

Ontem a garota sangrou muito. Há pouco, ela trocou seus curativos e levou-lhe uma sopa. O buraco parecia maior, mais preto. Agora está tarde e não vai conseguir consertar o telhado para a garota, não consegue tapar o buraco nem com folhas secas. O Patrão vai chegar e precisa finalizar tudo.

O quarto é grande. Não tem janelas. A garota escuta a mulher contratada pelo Patrão varrendo o chão de terra. Olha o buraco no telhado. Mexe-se pouco, respira pouco. Consegue ver o céu azul, verde, às vezes branco. É apenas um buraco que esconde uma casa. É apenas uma casa que, aos poucos, ou melhor, de uma só vez, vai caindo aos pedaços. Não há juncos secos cobrindo o orifício geometricamente, em forma infinita. Não há sequer uma manta ou um papel. O Patrão disse à garota que devia se acostumar, pois ele não podia se ocupar dessas questões. Naquelas terras quase não chove e, no dia em que as nuvens gritarem, ela vai colocar a cama mais para o lado e ficar olhando como o quarto alaga.

Puxa os lençóis velhos e, se tem frio, é porque seu útero está vazio, cheio de ar. O Patrão a obrigou a matar o bebê que levava ali, onde agora há frio. Da mesma forma que a obrigou a abortar aquele que nasceria em março e aquele que concebeu em fevereiro de algum outro ano.

Acende um cigarro e a fumaça gruda nas paredes. O Patrão não sabe que ela fuma, não sabe que a fumaça vai se misturando com o frio. Agora consegue sentir o cheiro da carne sendo cozida pela mulher e a escuta cortando os legumes. Os bichos entram pelo orifício. As aranhas e os mosquitos vão invadindo o quarto. A mulher tentou matá-los, tentou tapar o buraco, mas não conseguiu.

Ela tem um punhal embaixo do travesseiro, roubou-o há dois meses do peão que trabalha na fazenda vizinha. Ela foi vender ovos e, quando o homem foi pegar uma cesta para guardar os ovos, esqueceu a faca em cima da mesa. Não sabe por que fez isso. Somente pegou o punhal, acariciou-o e o escondeu entre o pão e as tortas fritas.

A mulher está preparando as vasilhas com a comida para as galinhas. Já está para ir embora e a garota terá de se ocupar do resto.

Alguém entra na casa. Sabe que é o Patrão pelo cheiro de cavalo e suor. Apaga o cigarro e o esconde. Finge estar dormindo. O Patrão não lhe dará nem um dia de descanso, vai obrigá-la a trabalhar, a se deitar na cama dele, a trabalhar na casa e com os animais, pois foi assim que aconteceu das vezes anteriores e agora, que ela está mais velha e dolorida, não será diferente.

Ele entra. Ela treme. Aperta os olhos. O buraco parece maior, mais preto.

Um buraco esconde uma casa   135

— Tá na hora. Vai, levanta, vai.

Não consegue falar, só quer fugir pelo buraco.

— Levanta, caralho! Já paguei a mulher, agora você toma conta do resto.

— Está doendo.

— Levanta daí ou vou te matar no chicote.

A garota acaricia o punhal. Olha o buraco e sente frio. Levanta-se devagar, se apoiando na parede. Senta-se e respira. Olha para os olhos do Patrão como que suplicando, mas ele se aproxima segurando o chicote e não tira o olhar dela, como se quisesse penetrá-la, esvaziá-la, matá-la.

Já não olha para ele. Quer dormir, parar de sentir frio. O Patrão já está com o chicote sobre sua cabeça, enquanto ela vê como o buraco encolhe, acaricia o punhal e lhe dá uma punhalada rápida. Mata o coração morto dele e arranca seus gritos com um corte na garganta. Está jogado no chão e ela consegue ver que o buraco aumenta, que um pedaço do telhado cai na cama. Tira a camisa ensanguentada dele e tenta cobri-lo, porém o telhado está podre e cai aos pedaços.

O céu a inunda e ela pode sentir que é branco, verde, às vezes preto. O buraco a cobre. Não há juncos nem camisas que possam tapá-lo. Não há papel nem mantas. Quer gritar, mas já não tem mais forças. Aperta os olhos e cai.

O céu é verde, azul, às vezes vermelho.

Inferno

> *Existe uma constelação fervendo*
> *dentro da pedra.*
> **Marosa di Giorgio**

Três idosas caminham juntas. De braços dados, encadeiam uma simbiose alheia a qualquer temporalidade. Os ossos, dentre os quais se embala a precariedade dos corpos, se mineralizam na pele. O líquido das veias está bordado em rendas de nácar e forma desenhos que as agrupam no tédio. Elas se amam porque se repugnam.

Levitam contundentes na trilogia que as nutre. Parecem imóveis. O amido do sangue retarda qualquer ação, porém caminham com uma lentidão minúscula, demente.

Os segundos que as imortalizam se desfazem no silêncio da manhã que arde.

Levam um pássaro em uma gaiola. A carne intumescida do animal desafia a dureza das grades pretas. Inerte, ele contempla o pálido balanço das mulheres. Elas acariciam as bordas ternas das penas. O contato é sedoso e obsceno, e o pássaro quer uivar dentro da quietude.

Indômitas, manobram a instabilidade para percorrer o trecho que as conduz até a praça. Formam um muro compacto de fraqueza inquebrantável. Avançam frescas, predadoras, translúcidas. A respiração costura linhas invisíveis, unindo-as no aborrecimento diário do afeto enfadonho, imprestável, fragmentado. Sentam-se em uníssono, em uma dança incompreensível e arcaica. Desdobram aromas fingidos, e rugas, e babados mofados, que são configurados em uma expansão inútil.

Os minutos que as sustentam fragmentam-se no ar espesso do dia que se incendeia.

Cerimoniosas, apoiam a gaiola no chão. O toque da gaiola com a pedra gera uma vibração que deteriora a apatia do animal. A pedra está quente, ferve, queima. O animal tenta mexer o corpo e a gaiola desliza, levemente. Cai uma pena, logo outra. As mulheres idosas se olham entre si com uma aflição inútil e, dóceis, seguram a gaiola com os sapatos, que machucam a carne seca e as garras crispadas. O pássaro se encolhe, queria se contrair até a borda da inexistência. Elas o tocam com amor cruel, autêntico.

Tiram uma sacola de pão. O som crocante atrai pombos e pardais. Sorriem cristalinas e lançam o pão com uma leveza exasperante. O pássaro convulsiona na aberração da impossibilidade. Elas o ignoram, extasiadas diante da multidão depredadora, mas não deixam de comprimir a gaiola, de pressionar o corpo do animal, manchando as penas brancas com a sujeira dos sapatos de ponta afiada e salto baixo.

As horas que as edificam quebram-se na luz que queima.

O calor das pedras altera os sentidos de pombos e pardais. Estão atordoados, mas não param de comer. Uma violência imperceptível desliza entre as asas, e os bicos, e as garras. Um pombo ataca um pardal. Mata-o. O sangue ferve na pedra. As mulheres idosas oscilam dentro do pânico. Não conseguem se levantar, suspensas na incompreensão do equilíbrio quebrantado. Olham o pardal morto com as bocas atordoadas, esmaltadas, rotas.

Os dias que as modelam estouram na tarde que carboniza.

O pássaro sente a descompressão da gaiola. Os sapatos já não o comprimem e agora ele consegue mexer as asas. O animal se agita porque o calor das pedras adere nas grades pretas e queima sua pele. Em uma convulsão, a gaiola cai. Há um ruído abafado, seco, da asa esquerda se quebrando em três partes. Há um ruído metálico, preciso, de um parafuso se soltando. O pássaro não sente dor pois, em uma lentidão sagrada, a porta se abre. As idosas não reparam nele, concentradas no pardal morto, no líquido vermelho que sulfura.

O animal tira a cabeça pela porta. Sente como os segundos, os minutos, as horas e os dias caem, despedaçados, sobre suas penas brancas. Mal treme. As idosas o veem e o pressionam contra as grades quentes, fechando a porta.

De forma irracional o pássaro sabe, compreende que, dentro das eventuais constelações, de todos os possíveis universos, esse é o primeiro vislumbre do inferno.

Uma pena cai, logo outra.

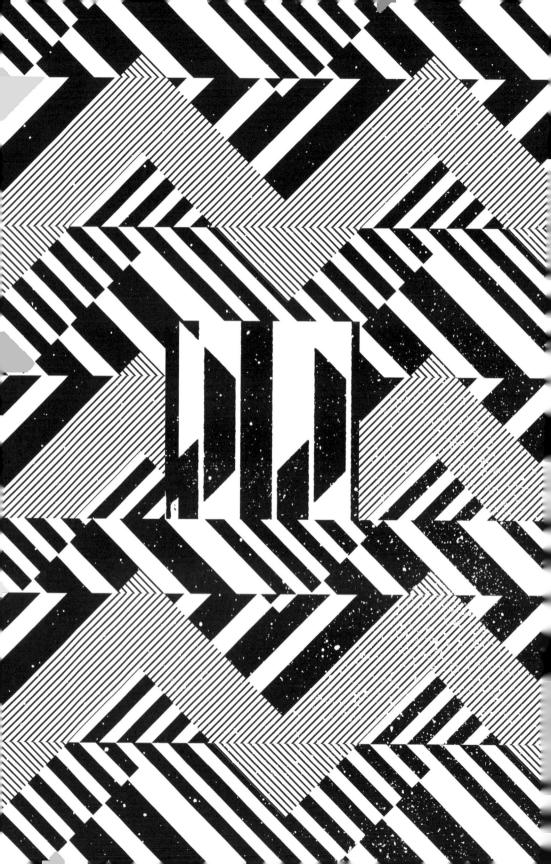

DEZENOVE GARRAS E UM PÁSSARO PRETO

Arquitetura

Para Rubén González

Os vitrais não são originais, são feitos de vidro serigrafado. Os verdadeiros foram destruídos pelos normandos e tiveram de ser substituídos por aqueles. Obviamente, optaram pela figura de Cristo em Majestade para o vitral do centro, porque é a personagem mais importante, a pedra angular do edifício católico. Quatro silhuetas o circundam: um leão, uma águia, um boi e um homem. Representam o germe da Igreja, os fundamentos do Grande Império Cristão. Eles olham para Cristo com devoção, porém Cristo está ocupado segurando um livro lacrado, sentado no trono do Imperador, do Rei dos Reis, engrandecido com uma auréola cruciforme, olhando para o nada, para o infinito, provavelmente para o verdadeiro Deus. Não pressente sequer o grupo de corpos pequenos mimetizados com os bancos de carvalho escuro, essas sombras pretas das quais mal se distingue a forma de uma estrutura óssea, esse combo deformado que já faz parte integral da arquitetura.

As palavras daqueles espíritos borrados modelam o espaço. Param na abside central, estalando lentamente as colunas de mármore que fazem parte do altar; cobrem os mosaicos da cúpula tirando deles a cor, afundando-se no manto azul da Virgem Maria que grita desconsolada diante de um Cristo crucificado; contornam os olhos de Santa Pudenciana, tocam em sua boca cheia de dor, nas lágrimas pintadas, no coração vermelho estraçalhado que tenta pulsar em suas mãos; arrastam-se pelo chão gelado, coberto por placas de mármore gasto pelo peso de tantos pecados guardados em um só lugar.

O ar pode ser luminoso para os mais puros. Todos querem estar perto da abside, do altar, construído em sentido leste, porque é naquele ponto cardeal que o sol respira, até onde os raios vão se deslizando violentamente pelas janelas, iluminando de cores doces, falsas e eclesiásticas o altar sagrado. Todos querem ser inundados pela luz celestial, ser banhados pela irradiação platônica, ascender até o branco céu.

O espaço pode ser, também, sombrio para aqueles que ainda não são dignos do brilho divino. A escuridão se reproduz, copula nas naves laterais, nos confessionários, nas criptas do subsolo. O ar é mais frio, as esculturas dos santos, menos santas, as almas são tão pecadoras quanto as trevas que as mancham.

Os confessionários de madeira lavrada, com pequenas miniaturas que representam a fuga do Egito da Sagrada Família, são inúteis. Quatro pedaços de madeira unidos pela culpa, envernizados pela doce sensação de poder que o confessor cultiva.

No confessionário sul da nave setentrional, aquele inserido entre os frágeis pilares da construção, no quais as abóbadas de aresta, parecendo nervos, veias que sobressaem da pele da igreja, descarregam seu peso, naquele confessionário cresce um murmúrio lúgubre, pesado, que raspa a madeira jovem. É um conjunto de palavras imperfeitas de movimento particular, distinto. São rochas negras pairando no ar. O escuro, o afiado, danifica o mármore, debilita os pilares.

Um enxame de orações rasteja dos confessionários, dos bancos. A igreja é um receptáculo enorme de palavras como gritos, carregadas de pedaços de alma, de tempo, de cristais vazios. Estão suspensas no ar, como luzes opacas, à espera da absolvição imaculada. Milhões de palavras comprimidas no espaço, movendo-se lentamente como um grande inseto, buscam o olhar redentor do Cristo em Majestade.

Enfrentam-no.

A libélula negra, o grande inseto de palavras, olha para ele nos olhos, porém o Salvador está absorto segurando o livro com os sete selos, atento aos olhares dos pais de sua Igreja, consciente da importância do trono no qual lhe rendem culto, admirado pela infinita quantidade de mártires que morreram pela honra dele, cansado das palavras.

O inseto estremece de dor. O tremor é ínfimo, uma pequena gotícula caindo lentamente no fogo. O movimento do inseto produz um vazio agudo. O espaço é perfeito, a luz está quebrada. Nas paredes, na arquitetura, se instala um nada violento que a libélula da noite engendra com a vibração. É uma grande teia de aranha de fios transparentes que dilacera o hálito celestial.

O silêncio não consegue absorver as palavras, não pode matar o inseto negro. De tão afiado, o silêncio começa a sangrar. As lágrimas vermelhas do silêncio golpeiam os vitrais, gerando um minúsculo tremor, quase inexistente.

Os espectros que mal respiram, segurando os terços como se fossem a última veia do corpo, aqueles despojos intumescidos não conseguem ver o que acontece, pensam que dentro daquele edifício se encontra a saída, a gratificação, o perdão por existir. Não sentem a grande libélula negra que, com suas patas, roça em suas cabeças abaixadas. Não podem tocar no medo do silêncio que se afasta, que busca desaparecer. A música vazia que eles emitem, os pequenos insetos negros que eles cospem, se fundem em uma dança imperceptível, com a libélula escura. Lentamente destroem o edifício com um ritmo suave, cansado. Aquelas palavras que buscam a salvação estão trancadas no espaço gélido, naquele bloco estático coroado pelo Cristo em Majestade, pelo Cristo Imperador, onde ninguém, nem sequer Deus, tem escapatória.

As solitárias

Você caminha rápido porque sabe que o último metrô sai em menos de quinze minutos. Você perguntou para o rapaz da bilheteria, de manhã, porque suspeitava que seu chefe a faria ficar até tarde, sem se importar com o fato de ser 31 de dezembro, nem com os festejos, nem com o brinde. "É pelos cortes de energia, precisamos recuperar", disse ele, mas você intuía que, na verdade, era porque ele não suportava a mulher e os filhos, e preferia trabalhar.

As ruas do centro estão vazias. Você está sozinha e pensa naquele filme que assistiu em que as pessoas solteiras eram levadas para um hotel, forçadas a encontrar um parceiro dentro de quarenta e cinco dias para não serem transformadas em animais. No hotel, mostravam os benefícios de estar em um relacionamento. Um deles era que as mulheres acompanhadas tinham menos possibilidades de sofrer um estupro. Você anda mais rápido e sente raiva por ser um clichê: uma mulher jovem e sozinha, em uma rua deserta, andando com medo. Você diminui o passo e fica distraída pensando em qual animal gostaria de ser. Uma águia. Você olha a hora e aumenta o passo, pois seu trem vai partir. Tenta correr, mas seus pés doem. Você caminha decidida e o barulho de seus saltos no concreto ressoa em todo o quarteirão.

Você chega à Plaza de Mayo. Deserta. As pessoas já estão se sentando para jantar, você pensa. Sua família está servindo o jantar com chateação dissimulada, pois, mais uma vez, você chegará tarde. Você avisou que não havia táxi nem *remises*,* que todo mundo volta a trabalhar depois da uma da manhã, e sua mãe fez um silêncio condenatório e você apenas atinou a dizer que taxistas e *remiseros* também festejam, e que você não pode fazer nada em relação a isso. Vou pegar o último metrô, mãe, vou chegar a tempo.

Na entrada do metrô da linha A, você sente um golpe, o denso cheiro que já conhece, porém nunca deixa de surpreendê-la. Você sempre define esse cheiro como de cachorro morto apodrecendo no sol. É esse o cheiro característico daquela linha, mesmo de noite. Você desce as escadas rapidamente, mas com cuidado por conta dos saltos, e avista um trem na plataforma, você sabe que é o último da noite. Enquanto encosta o bilhete na catraca, escuta o sinal avisando que o trem vai partir. Você corre e entra no último vagão, bem no momento em que as portas estão se fechando.

Você se senta e respira. Pega o celular e vê que há três ligações perdidas de sua mãe. Tenta ligar para ela, mas não há sinal. Desliga o celular, pois tem pouca bateria, guarda-o e olha para o vagão vazio. Vazio. Você sente alívio e uma espécie de felicidade pois

---

* Espécie de táxi que circula, geralmente, fora da Cidade Autônoma de Buenos Aires, utilizado para fazer percursos maiores.

acredita que é a primeira vez que viaja em um vagão completamente vazio. Você não acredita na sorte que está tendo e se lembra de como viajou no dia anterior, de manhã. A estação lotada, pois o metrô estava funcionando com intervalos maiores devido aos cortes de energia. Sua bochecha grudada no vidro da porta, sentindo que os pulmões iam colapsar, a pele suada de várias pessoas se colando em sua camisa recém-passada, o bafo de café, cigarro e alho de uma mulher com o rosto a cinco centímetros do seu que dizia "desculpe, querida, mas você sabe como é isto de manhã, uma tortura", e você só queria que ela fechasse a boca, porém sorriu pois era melhor a mulher do que o choro irritado do bebê que estava atrás de você e do que a discussão de dois passageiros brigando aos gritos porque um deles estava cutucando as costelas do outro com o cotovelo.

Você respira aliviada porque está sozinha, por conta do ar-condicionado e do cheiro artificial de limão. Você se inclina para ver o outro vagão, o da frente, pensa que o trem pode estar vazio e se imagina tirando o salto e correndo de uma ponta a outra, com o metrô em movimento e sentindo algo semelhante à liberdade. Seria inapropriado, você pensa. Sua mãe utiliza a palavra inapropriado para descrever qualquer coisa que ela desaprova. Você está na beira da virada de ano e considera merecido ser inapropriada para receber o próximo ano. Você está para tirar um dos sapatos quando o metrô chega à estação Lima e um homem sobe no trem. Você fica paralisada pelo cheiro podre e de mofo que inunda o vagão. Instintivamente, você tapa as narinas e vê que o homem que acabou de subir está se sentando à sua frente. Veste um terno preto velho e gasto que fica grande nele. Olha para você, que se espanta por seu olhar ser tão intenso, pois você dá por certo que, pelo cheiro de vinho, o homem está bêbado, e o olhar dos bêbados costuma ser desnorteado, turvo. Olha para você como se soubesse de algo. Você considera a possibilidade de trocar de vagão. Não quer ser deselegante, mas não dá para suportar aquele cheiro nem aquele olhar. O homem se inclina para a frente e você não sabe se ele vai vomitar ou te atacar. Você se senta. Ele fica em pé e lhe diz: "Eles estão te esperando". O metrô chega à estação Sáenz Peña e ele desce. Não dá tempo de perguntar quem são "eles" e onde ou por que estão te esperando. Você pensa que "eles" são sua família e que, efetivamente, estão te esperando e isso a acalma. Você vai chegar bem na hora de brindar.

O metrô passa pela estação Congreso e você pensa que estão por vir as meias estações, as estações incompletas, as solitárias. Pasco e Alberti sempre a incomodaram por serem unidirecionais, por estarem cerceadas. Pois você sabe, você leu, essas estações tiveram seu par, o outro lado, porém foram fechadas. Cada vez que você passa por lá, sente tristeza. Você se pergunta que animal cada estação escolheria. Imagina Pasco escolhendo um rato pequenino e Alberti, uma lagartixa no sol. Você liga o celular e tenta telefonar para sua mãe. Sem sinal. Você começa a andar para ver se em outro vagão há sinal e, devido a uma pane de energia, o trem para.

A escuridão é completa. Outro corte de energia nesta maldita cidade, você fala em voz baixa. Você sonda com as mãos buscando os assentos e decide sentar e esperar tranquila. Busca a lanterna do celular e ilumina o vagão para ver se há mais alguém. Ninguém. Você está sozinha. Você se levanta e começa a caminhar devagar pelos vagões. Quer ver se há alguma outra pessoa, e também quer chegar ao primeiro vagão para falar com o maquinista e perguntar quando o metrô volta a funcionar, ou falar com o guarda, se é que ele não desceu antes. Você passa de vagão em vagão e não há ninguém. Quando chega à cabine do maquinista, você bate com raiva contida. Não abre. Você continua batendo. Você bate e grita até que suas mãos começam a doer. Ele se foi, o filho da puta, foi embora. Você se senta e desliga a lanterna para economizar bateria. Você vai começar a chorar, mas reprime o choro. Você sente que na escuridão se está completamente só.

Você está começando a ficar sufocada pelo calor quando as portas se abrem. Acha estranho, porque não há energia, mas depois pensa que talvez seja algo automático relacionado à segurança do lugar. Você se levanta devagar e se aproxima da porta. Nada, não dá para ver nada. Pede ajuda, mas você só ouve o eco de sua voz no túnel. Você volta a se sentar e a pensar nas possibilidades. Ficar ali até a energia voltar ou descer e andar pelos trilhos até a próxima estação. Não é a primeira vez que um metrô fica parado entre as estações e as pessoas têm de andar pelos trilhos. Você já viu isso no noticiário. Mas você não tem luz, nem companhia, nem alguém para te guiar. Você deseja que o metrô esteja lotado até explodir, como na manhã anterior, como todas as manhãs. Sente saudades daquela massa amorfa e imensa de desconhecidos que é a raça humana. Outra vez vem a vontade de chorar, mas você grita Chega! e se propõe a solucionar o problema.

Você liga a lanterna do celular e se senta na borda da porta do vagão, desce devagar até encostar no chão, anda com cuidado até a cabine do maquinista e a ilumina. Vazia. Baita filho da puta, você diz com ódio e irritação.

Para qual lado? Você não sabe ao certo onde está. No meio das solitárias? Não importa, preciso achar alguma estação e torcer para que não esteja fechada, você pensa e se lembra de que a última estação foi Congreso, que a próxima seria Pasco e então tem de seguir na direção que ia o trem. Você resolve andar pelo trilho, mas pela lateral, caso a energia volte, pois não tem intenção de morrer eletrocutada. Está sendo difícil, por conta dos saltos, porém você vai devagar.

Você está andando quando o celular desliga. Não!, você grita e amaldiçoa o dia em que comprou aquele modelo cuja bateria não dura quase nada. Na escuridão, você sente algo roçando seu tornozelo. Um rato, ou algo pior, algo que você nunca saberá. Você sente nojo. Por que está acontecendo isso comigo?, você pensa e sente a cabeça cheia de medo, um medo duro e gelado. Você começa a chorar baixinho, impotente, sozinha, cega. Sem luz não dá para avançar, sem luz não dá para confiar em nada.

Você respira fundo, ajeita a postura e se acalma. O objetivo é achar uma estação, só isso. Você vai andando com as mãos estendidas à frente, bem devagar, contando os passos para não pensar no que há por trás da escuridão. Vinte, vinte e um. Cinquenta, oitenta e quatro. Você vai contando em voz alta para escutar o eco de sua própria voz e não se sentir tão sozinha.

Cento e quinze. Você sente uma correnteza de ar e grita: Uma estação! Você anda mais alguns passos e seu pé direito não pode avançar. Você se agacha e sonda com as mãos. Uma escada, você diz eufórica, e começa a subir engatinhando, quando sente que alguém pega em sua mão. Você não consegue enxergar direito, mas sente que essa mão que a ajuda a subir é áspera e fria. Obrigada, estou perdida, o metrô deu pane, obrigada, você diz. Quando você já está em pé na estação, pergunta para o desconhecido que você não consegue enxergar: Onde fica a saída? Ele não te responde. Por favor, onde fica a saída?, você repete, abalada. Silêncio.

Você anda com as mãos estendidas até encostar em uma parede, e vai andando tateando a parede. Onde caralho está essa saída? Só há paredes. Onde está a porra da saída? Não entendo por que você não responde!, você grita desesperada. Você precisa achar uma porta, uma catraca, algo. Na escuridão, você percebe que não há saída, que tudo está cercado, que essa é uma das estações fechadas. Você vai ter que descer e continuar andando, tem que sair daí. Porém, quando você vira, vê duas silhuetas sentadas na beira da plataforma, dois homens de costas que olham para os trilhos. São tão brancos que dá para vê-los na escuridão. Parece que a roupa de trabalho está coberta de poeira, parecem operários. Eles viram o rosto para você, te olham e abrem a boca como se estivessem contendo um grito. Então você sabe que são eles que estavam te esperando.

AGRADECIMENTOS

Um reconhecimento especial pela ilustração da capa da edição original a Juan Cruz Bazterrica. Juan é um grande artista e está aqui mostrando seu talento. Admiro seu senso de humor e agradeço por sua enorme generosidade. É um privilégio que, além disso, seja meu irmão.

AGUSTINA BAZTERRICA nasceu em Buenos Aires em 1974. É formada em Artes (UBA). Em 2013 publicou o romance *Matar a la Niña*, e em 2016 o volume de contos *Antes del encuentro feroz* (reeditado em 2020 como *Dezenove Garras e um Pássaro Preto*). Seu romance *Saboroso Cadáver* (DarkSide® Books, 2022) ganhou o Prêmio Clarín de Romance de 2017 e o Ladies of Horror Fiction Award como melhor romance de 2020. Bazterrica é organizadora e curadora cultural, trabalhando com Pamela Terlizzi Prina no Ciclo de Arte Siga al Conejo Blanco e coordena oficinas de leitura com Agustina Caride. Saiba mais em agustinabazterrica.net.

"Blackbird, fly
Into the light of the dark black night"
— THE BEATLES —

DARKSIDEBOOKS.COM

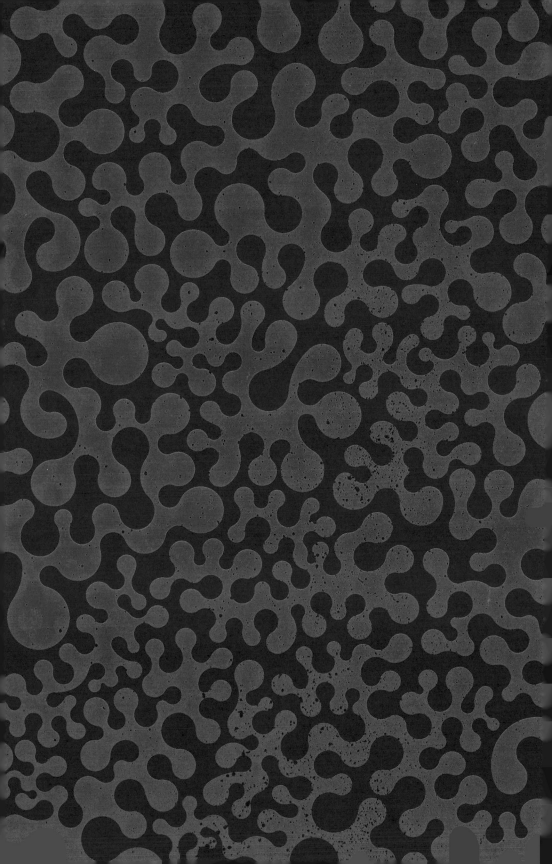